SV

JULIO CORTÁZAR
UNZEITEN

ERZÄHLUNGEN

AUS DEM SPANISCHEN VON

RUDOLF WITTKOPF

SUHRKAMP VERLAG

Die Originalausgabe erschien 1983 unter dem
Titel *Deshoras* bei Ediciones Alfaguara, Madrid.

Erste Auflage 1990

Druck: MZ-Verlagsdruckerei GmbH, Memmingen
Printed in Germany

UNZEITEN

ENDE DER ETAPPE

Für Sheridan Le Fanu, gewisser Häuser wegen.
Für Antoni Taulé, gewisser Tische wegen.

Vielleicht hielt sie hier, weil die Sonne schon hoch stand und das mechanische Vergnügen des Autofahrens in den frühen Morgenstunden allmählich der Müdigkeit und dem Durst wich. Für Diana war dieser Ort mit nichtssagendem Namen nur ein weiterer kleiner Fleck auf der Karte der Provinz, noch fern der Stadt, wo sie übernachten würde, und der Platz, den die Kronen der Platanen gegen die Hitze der Landstraße schützten, war gleichsam eine Parenthese, in die sie sich mit einem Seufzer der Erleichterung einfügte, indem sie nahe dem Café mit den vielen Tischen unter den Bäumen anhielt.
Der Kellner brachte ihr einen Pernod mit Eiswürfeln und fragte, ob sie später zu Mittag zu essen wünsche; sie bräuchte sich nicht zu beeilen, es würde bis zwei Uhr serviert. Diana sagte, sie wolle einen Spaziergang durch den Ort machen und dann zurückkommen. »Es gibt nicht viel zu sehen«, erklärte der Kellner. Sie hätte ihm gern erwidert, daß sie auch nicht viel Lust habe, sich etwas anzusehen, doch statt dessen bestellte sie schwarze Oliven und trank fast hastig aus dem hohen Glas, in dem der Pernod opalisierte. Sie spürte die Frische des Schattens auf der Haut, einige Stammgäste spielten Karten, zwei Jungen tollten mit einem Hund, im Zeitungskiosk eine alte Frau, alles wie außerhalb der Zeit, sich dehnend im Hitzedunst des Sommers. Wie außerhalb der Zeit, hatte sie gedacht, während sie die Hand eines der Spieler betrachtete, der seine Karte

lange in die Höhe hielt, bevor er sie triumphierend auf den Tisch drosch. Eben das, wozu sie sich nicht mehr fähig fühlte, alles Schöne länger dauern lassen, sich wirklich leben fühlen in diesem wonnigen Hinauszögern, das ihr bisweilen ein Halt gewesen war im Beben der Zeit. ›Merkwürdig, daß Leben ein bloßes Hinnehmen werden kann‹, dachte sie, den Hund betrachtend, der sich auf den Boden gelegt hatte und hechelte, ›sogar zu akzeptieren, nicht zu akzeptieren, wegzugehen, noch ehe man angekommen ist, all das umzubringen, was mich noch nicht umzubringen vermag.‹ Sie behielt die Zigarette zwischen den Lippen, obgleich sie wußte, daß sie sich gleich daran verbrennen würde, daß sie sie rasch auf den Boden werfen und zertreten müßte, wie sie das mit diesen Jahren getan hatte, in denen sie allen Grund verloren hatte, die Gegenwart mit anderem anzufüllen als mit Zigaretten, einem immer verfügbaren Scheckbuch und einem bequemen Wagen. ›Perdido‹, wiederholte sie, ›ein so schönes Thema von Duke Ellington, und ich kann mich nicht einmal mehr daran erinnern, somit doppelt verloren, Mädchen, und auch das Mädchen verloren, mit vierzig ist es nur noch so, als weine man in einem Wort.‹
Daß sie sich auf einmal ganz idiotisch vorkam, veranlaßte sie zu zahlen und einen Spaziergang durch den Ort zu machen, Dingen entgegen, die nicht mehr von allein kommen würden, auf den Wunsch und die Vorstellung hin. Die Dinge sehen als jemand, der von ihnen gesehen wird, dort dieses uninteressante Antiquitätengeschäft, hier die alte Fassade des Kunstmuseums. Es war eine Einzelausstellung plakatiert, keine Ahnung, wer dieser Maler mit dem schwer aussprech-

baren Namen war. Diana kaufte eine Eintrittskarte und betrat den ersten Saal eines bescheidenen Hauses mit nebeneinanderliegenden Räumen, das von den Ratsherren der Provinz mit viel Bedacht in ein Museum verwandelt worden war. Man hatte ihr einen Faltprospekt gegeben, der vage Hinweise auf eine vor allem regionale künstlerische Laufbahn enthielt, Auszüge aus Kritiken, die üblichen Lobsprüche; sie ließ ihn auf einer Konsole liegen und betrachtete sich die Bilder; im ersten Augenblick meinte sie, es seien Photographien, und was sie verwunderte, war deren Größe, denn selten sah man Vergrößerungen dieses Formats in Farbe. Ihr Interesse wurde geweckt, als sie das Material erkannte, die manische Perfektion des Details; und plötzlich war es umgekehrt, sie meinte Bilder zu sehen, die auf Photographien basierten, etwas, das zwischen beiden oszillierte, und obgleich die Säle gut beleuchtet waren, blieb die Ungewißheit vor diesen Bildern, die vielleicht Gemälde nach Photographien waren oder das Ergebnis einer obsessiven realistischen Darstellung, die den Maler zu einer gefährlichen, zweifelhaften Grenze führte.
Im ersten Saal gab es vier oder fünf Bilder, die alle einen Tisch zum Thema hatten, leer oder mit einem Minimum an Gegenständen, vehement beleuchtet von fast horizontal einfallendem Sonnenlicht. Auf einigen Gemälden kam ein Stuhl hinzu, auf anderen war der Tisch von nichts anderem begleitet als von seinem langgestreckten Schatten auf dem von diesem Licht gepeitschten Boden. Als sie den zweiten Saal betrat, sah sie etwas Neues, eine menschliche Gestalt auf einem der Bilder, das ein Interieur zeigte samt einer gro-

ßen Tür, die in vage Gärten führte; die Gestalt, mit dem Rücken zum Betrachter, hatte das Haus schon verlassen, wo im Vordergrund wieder der unvermeidliche Tisch zu sehen war, gleich weit entfernt von der gemalten Person und von Diana. Es war ihr schnell klar geworden, daß es immer dasselbe Haus war; nun kam der lange, grünliche Flur auf einem anderen Bild hinzu, wo die Gestalt, wiederum mit dem Rücken zum Betrachter, in Richtung einer entfernten Glastür blickte. Seltsamerweise war die Silhouette der Person weniger eindringlich als die leeren Tische, man hätte sie für einen zufälligen Besucher halten können, der ohne ersichtlichen Grund durch ein verlassenes großes Haus wanderte. Und dann war da die Stille, nicht nur, weil Diana der einzige Mensch in diesem kleinen Museum zu sein schien, sondern auch, weil von den Bildern eine Einsamkeit ausging, welche die dunkle männliche Gestalt nur noch verstärkte. ›Da ist etwas mit dem Licht‹, dachte Diana, ›es dringt ein wie ein fester Körper und erdrückt die Dinge.‹ Aber auch die Farbe war voller Stille, die tiefschwarzen Hintergründe, die Brutalität der Kontraste, die den Schatten das Aussehen von Bahrtüchern, von schweren Katafalkdraperien gaben.

Beim Betreten des nächsten Saals entdeckte sie zu ihrer Überraschung, daß es außer einer weiteren Serie von Bildern mit nackten Tischen und der Person mit dem Rücken zum Betrachter einige Gemälde mit anderen Themen gab, ein einsames Telefon, ein Figurinen-Paar. Natürlich betrachtete sie sich auch die, aber ein wenig so, als sähe sie sie nicht; die Bilderfolge mit den einsamen Tischen in dem Haus besaß soviel Kraft, daß die anderen Gemälde zu schmückendem Beiwerk wurden, fast so, als wären sie rein dekorative Bilder, die an den Wänden des gemalten Hauses und nicht im Museum hingen. Es amüsierte sie, zu entdecken, wie leicht sie zu hypnotisieren war, sie empfand das etwas lethargische Vergnügen, sich der Imagination zu überlassen, den Flirrgeistern der Mittagshitze. Sie ging in den ersten Saal zurück, weil sie sich nicht sicher war, ob sie sich eines der Bilder, das sie dort gesehen hatte, richtig erinnerte, und sie stellte fest, daß auf dem Tisch, den sie für leer gehalten hatte, ein Krug mit Pinseln stand. Dagegen war der leere Tisch auf dem Bild an der Wand gegenüber, und Diana verweilte einen Augenblick davor und suchte den Bildhintergrund genauer auszumachen, die offene Tür, hinter der man einen weiteren Raum erriet, die Umrisse eines Kamins oder einer zweiten Tür. Es wurde ihr immer klarer, daß all diese Räume zu ein und demselben Haus gehörten, gleichsam die Hypertrophie eines Selbstbildnisses, bei dem der Künstler die Eleganz besessen hätte, von sich abzusehen, falls er nicht in der schwarzen Gestalt dargestellt war (mit einem langen Cape auf einem der Gemälde), die dem anderen Besucher hartnäckig den Rücken zukehrte, diesem Eindringling, der bezahlt hatte, um seinerseits das Haus zu betreten und durch die leeren Räume zu wandeln.

Sie ging in den zweiten Saal zurück und auf eine halb offene Tür zu, die in den Raum dahinter führte. Eine freundliche, etwas verlegene Stimme hielt sie zurück; ein Wärter in Uniform – der Arme, bei dieser Hitze – sagte ihr, daß das Museum über Mittag schließe, doch werde es um halb vier wieder aufmachen.

»Bleibt noch viel zu sehen?« fragte Diana, die plötzlich die Ermüdung durch die Museen spürte, die Übersättigung der Augen, die zu viele Bilder konsumiert haben.
»Nein, nur der letzte Saal, mein Fräulein. Dort gibt es ein einziges Bild; es heißt, der Künstler wollte, daß es für sich allein hängt. Möchten Sie es sehen, bevor Sie gehen? Ich werde einen Moment warten.«
Es war idiotisch, nicht darauf einzugehen. Diana wußte es, als sie verneinte, und beide machten einen Scherz über das Essen, das kalt wird, wenn man nicht zur Zeit kommt. »Sie brauchen nicht nochmal bezahlen, wenn Sie zurückkommen«, sagte der Wärter, »ich kenne Sie jetzt.« Auf der Straße, geblendet von dem gleißenden Licht, fragte sie sich, was zum Teufel mit ihr los sei; es war absurd, daß sie sich derart für den Hyperrealismus, oder was immer es war, dieses unbekannten Malers interessiert hatte, und sich dann das letzte Bild, das vielleicht das beste war, entgehen ließ. Aber nein, wenn der Künstler es für sich allein hatte zeigen wollen, bedeutete das sicher, daß es ganz anders war, ein anderer Stil oder eine andere Schaffensperiode, warum also eine Serie von Bildern durchbrechen, die sie als einheitliches Ganzes empfunden hatte, das sie in seiner Lückenlosigkeit mit einschloß. Gut, daß sie nicht in den letzten Saal gegangen war, nicht der Obsession des gewissenhaften Touristen nachgegeben hatte, der traurigen Manie, die Museen bis zum letzten Bild zu absolvieren.
Sie sah von weitem das Café des Platzes und sagte sich, daß es Zeit sei, zu Mittag zu essen; sie hatte zwar keinen Appetit, aber es war früher, als sie mit Orlando

reiste, immer so gewesen; für Orlando war Mittag eine wichtige Zäsur, die Zeremonie des Mittagessens sakralisierte gewissermaßen den Übergang vom Morgen zum Nachmittag, und natürlich hätte Orlando sich geweigert, weiter durch die Straßen zu laufen, wenn dort ganz in der Nähe das Café war. Aber Diana hatte keinen Hunger, und an Orlando zu denken schmerzte sie immer weniger; weiterzugehen, das Café hinter sich zu lassen hieß nicht, Riten zu mißachten oder zu verraten. Sie konnte sich jetzt, wo sie unabhängig war, an vieles erinnern, konnte ihre Schritte vom Zufall lenken lassen und einer vagen Erinnerung nachhängen an irgendeinen anderen Sommer mit Orlando in den Bergen, an einen Strand, der vielleicht wieder gegenwärtig wurde, um die Glut der Sonne auf Schulter und Nacken zu vertreiben, Orlando an einem von Wind und Salz gepeitschten Strand, während Diana durch diese Gäßchen ohne Namen und ohne Leute schlenderte, dicht an grauen Steinmauern entlang, und gedankenverloren ein sonderbares, offenstehendes Portal betrachtete, Innenhöfe erahnte, Brunnen mit frischem Wasser, Glyzinien, schlummernde Katzen auf den Steinplatten. Erneut das Gefühl, nicht einen Ort zu durchstreifen, sondern von ihm durchstreift zu werden, das Pflaster der Straße gleitet nach hinten wie ein mechanisch bewegtes Band, der Eindruck, auf der Stelle zu bleiben, während die Dinge fließen und sich hinter einem verlieren, ein Leben oder ein anonymer Ort. Jetzt kam ein kleiner Platz mit zwei rachitischen Bänken, ein weiteres Gäßchen führte auf Felder am Ortsrand hinaus, Gärten mit wenig überzeugenden Zäunen, die Einsamkeit des hohen Mit-

tags, seine Grausamkeit als Schattentöter, als Paralysierer der Zeit. In dem etwas verwilderten Garten standen keine Bäume, der Blick konnte ungehindert bis zur großen offenen Tür des alten Hauses schweifen. Ohne es recht zu glauben, aber auch ohne es sich zu verhehlen, gewahrte Diana im Halbdunkel des Hauses einen Flur gleich dem auf einem der Bilder im Museum, sie hatte den Eindruck, sich dem Bild von der Rückseite zu nähern, von draußen, anstatt als Betrachterin in seine Räume mit einbezogen zu sein. Wenn in diesem Moment etwas verwunderlich war, so die Tatsache, daß sie sich nicht verwunderte bei diesem Wiedererkennen, das sie veranlaßte, ohne Zögern den Garten zu betreten und auf die Tür des Hauses zuzugehen, und warum schließlich auch nicht, wo sie ihren Eintritt bezahlt hatte und es niemanden gab, der gegen ihre Anwesenheit im Garten protestierte; sie ging durch die offene Flügeltür und über den Flur, der in den ersten leeren Raum führte, dessen Fenster die gelbe Wut des Lichts hereinließ, das auf die Seitenwand prallte und einen leeren Tisch und einen einzigen Stuhl beleuchtete.
Weder Angst noch Überraschung, selbst das einfache Mittel, sich auf einen Zufall zu berufen, hatten bei Diana verfangen; wozu sich mit Hypothesen oder Erklärungen abgeben, wo sich zur Linken schon eine weitere Tür auftat und in einem Raum mit hohem Kamin der unvermeidliche Tisch in einem langen, präzisen Schatten sich verdoppelte. Diana betrachtete desinteressiert das kleine weiße Tischtuch und die drei Gläser, die Wiederholungen wurden eintönig, die Brandung des Lichts durchbrach das Halbdunkel. Das

einzig Neue war die Tür im Hintergrund; daß sie geschlossen war und nicht halb offen, brachte in dieses bislang ungehinderte Umhergehen etwas Unerwartetes. Kaum innehaltend, sagte sie sich, daß die Tür einfach deshalb geschlossen war, weil sie den letzten Saal des Museums nicht betreten hatte, und hinter diese Tür zu blicken hieße soviel wie dorthin zurückzukehren, um ihren Besuch abzuschließen. Alles viel zu geometrisch, letzten Endes, alles undenkbar und zugleich wie vorgesehen; Angst zu haben oder sich zu verwundern wäre so unpassend gewesen wie anzufangen zu pfeifen oder laut zu fragen, ob da jemand ist.

Nicht einmal eine Ausnahme bei diesem einzigen Unterschied, die Tür gab beim Druck ihrer Hand nach, und es war wieder dasselbe, die Flut gelben Lichts brach sich an der Wand, der Tisch, der nackter schien als die vorherigen, seine gestreckte, groteske Projektion, als hätte ihm jemand mit Gewalt eine schwarze Tischdecke heruntergerissen und auf den Boden geworfen, und warum ihn nicht anders sehen, als einen steifen Körper auf vier Beinen, dem man gerade die Kleider heruntergerissen hätte, die dort auf dem Boden eine schwarze Lache bildeten. Es genügte, die Wände und das Fenster zu betrachten, um dieselbe leere Szene vorzufinden, diesmal sogar ohne eine Tür, die in andere Räume führte. Obgleich sie auch den Stuhl vor dem Tisch gesehen hatte, hatte ihn ihr erstes Erkennen nicht registriert, doch jetzt fügte sie ihn dem schon Bekannten hinzu, so viele Tische mit oder ohne Stühle in so vielen einander ähnlichen Räumen. Leicht enttäuscht ging sie zu dem Tisch, setzte sich und zündete sich eine Zigarette an, sie begann, mit dem Rauch zu spielen, der in den Strom horizontalen Lichts aufstieg und seine eigenen Konturen zeichnete, als wollte er sich diesem Willen zur Leere all dieser Räume, all dieser Bilder widersetzen, geradeso wie dieses kurze Lachen irgendwo in Dianas Rücken, das für einen Augenblick die Stille durchbrach, wenn es vielleicht auch nur der Ruf eines Vogels dort draußen oder das Knakken trockenen Holzes war; unnütz daher, noch einmal in den Raum davor zu schauen, wo die drei Gläser auf dem Tisch ihre dünnen Schatten an die Wand warfen, unnütz, sich zu beeilen, ohne Panik, aber auch ohne zurückzublicken, zu fliehen.

Auf der Gasse fragte ein Junge sie nach der Zeit, und Diana sagte sich, daß sie sich beeilen müsse, wenn sie noch zu Mittag essen wollte, doch der Kellner dort unter den Platanen schien auf sie zu warten, er machte eine Geste des Willkommens und wies ihr den kühlsten Platz an. Essen war bedeutungslos, aber in Dianas Welt hatte man es immer mit dem Essen gehalten, sei's, weil Orlando sagte, daß es Zeit dazu sei, oder weil einem zwischen zwei Beschäftigungen nichts anderes zu tun blieb. Sie bestellte ein Tellergericht und Weißwein, wartete viel zu lange darauf für ein so leeres Lokal; noch ehe sie den Kaffee trank und zahlte, wußte sie, daß sie noch einmal ins Museum gehen würde, etwas in ihr zwang sie zu überprüfen, was sie lieber ohne Untersuchung, fast ohne Neugier akzeptiert hätte, wenn sie aber nicht hinginge, würde sie es am Ende der Etappe bedauern, wenn alles wieder so wäre wie immer, die Museen und die Hotels und das Bilanzieren der Vergangenheit. Und wenn im Grunde auch nichts geklärt wäre, ihr Verstand würde sich strecken wie ein satter, zufriedener Hund, sobald sie die vollkommene Symmetrie der Dinge festgestellt hätte, nämlich daß das Bild, das im letzten Saal des Museums hing, folgerichtig den letzten Raum des besuchten Hauses darstellte; auch alles übrige ließe sich in eine Ordnung bringen, wenn sie mit dem Wärter spräche, um die Lücken zu schließen; schließlich gab es viele Künstler, die ihre Modelle genau kopierten; viele Tische dieser Welt sind im Louvre oder im Metropolitan gelandet, Duplikate von Wirklichkeiten, die zu Staub zerfallen und in Vergessenheit geraten sind.

Ohne Eile durchquerte sie die ersten beiden Säle (im zweiten war ein Paar, das leise miteinander sprach, obgleich sie bis zur Stunde die einzigen Besucher an diesem Nachmittag waren). Diana blieb vor zwei oder drei Bildern stehen, und zum ersten Mal erfaßte der Einfallwinkel des Lichts auch sie, eine Unmöglichkeit, die sie sich in dem leeren Haus nicht hatte eingestehen wollen. Sie sah das Paar zum Ausgang zurückgehen und wartete, bis sie allein war, bevor sie zur letzten Tür des letzten Saales ging. Das Bild hing an der linken Wand, sie mußte bis in die Mitte des Saales gehen, um die Darstellung des Tisches und des Stuhls, auf dem eine Frau saß, gut sehen zu können. Wie die von hinten dargestellte Person auf einigen anderen Bildern war die Frau schwarz gekleidet, doch hatte sie das Gesicht um drei Viertel abgewandt und ihr braunes Haar fiel ihr an der nicht sichtbaren Seite des Profils bis auf die Schulter. Es gab nichts, das sie vom Vorangegangenen besonders unterschied, sie fügte sich ins Bild ein wie der vor sich hin gehende Mann auf anderen Bildern,

war Teil einer Bilderfolge, eine weitere Gestalt, gemalt in derselben ästhetischen Absicht. Und zugleich gab es da etwas, das vielleicht erklärte, warum das Bild allein hing in dem letzten Saal; aus diesen scheinbaren Ähnlichkeiten erwuchs jetzt ein anderer Eindruck, die zunehmende Überzeugung, daß diese Frau sich von der anderen Person nicht nur durch ihr Geschlecht unterschied, sondern auch durch ihre Haltung, der linke Arm, der am Körper herabhing, der leicht nach vorn geneigte Oberkörper, dessen Gewicht auf dem nicht sichtbaren, auf den Tisch gestützten Ellbogen ruhte, sagten Diana etwas anderes, zeigten ihr eine Verlassenheit, die mehr war als nur ein Insichversunkensein oder bleierne Müdigkeit. Diese Frau war tot; ihr herunterhängendes Haar und ihr schlaffer Arm, ihre Reglosigkeit waren unerklärlicherweise intensiver als die Starrheit der Dinge und der Personen auf den anderen Bildern: der Tod war hier gleichsam eine Kulmination der Stille, der Einsamkeit des Hauses und seiner Personen, der Tische, der Schatten und der Flure.
Ohne zu wissen wie, sah sich Diana wieder auf der Straße, auf dem Platz, sie stieg in ihr Auto und fuhr hinaus auf die siedende Landstraße. Sie hatte den Motor voll aufgedreht, doch nach und nach senkte sie die Geschwindigkeit, und sie begann erst zu denken, als die Zigarette ihr die Lippen verbrannte; es war unsinnig zu denken, wo es so viele Kassetten gab, mit der Musik, die Orlando geliebt und vergessen hatte und die sie sich von Zeit zu Zeit anhörte, womit sie akzeptierte, von der Invasion der Erinnerungen gemartert zu werden, welche sie der Einsamkeit, dem vagen Bild des leeren Sitzes neben ihr vorzog. Die Stadt war eine

Stunde entfernt, doch sie schien Stunden oder Jahrhunderte entfernt, wie alles, das Vergessen, zum Beispiel, oder das erfrischende Bad, das sie im Hotel nehmen würde, die Whiskys in der Bar, die Abendzeitung. Alles symmetrisch, wie immer für sie, eine neue Etappe war die bloße Wiederholung der vorherigen, das Hotel, das eine gerade Zahl von Hotels ergäbe oder eine ungerade, welche durch die nächste Etappe ausgeglichen würde; so die Betten, die Tankstellen, die Kathedralen oder die Wochen. Und das gleiche hätte geschehen müssen im Museum, wo alles sich manisch wiederholt hatte, Tisch um Tisch, Ding um Ding, bis zum unerträglichen finalen Bruch, der Ausnahme, die in einer Sekunde diese vollkommene Übereinstimmung von etwas gesprengt hatte, das in keine Kategorie mehr paßte, weder in die Vernunft noch in den Wahn. Denn das Schlimmste war, einen vernünftigen Aspekt zu suchen in dem, das von Anfang an etwas von einem Delirium, von idiotischer Wiederholung gehabt hatte, und gleichzeitig es als widerwärtig zu empfinden, daß nur äußerste Konsequenz ihr ein vernünftiges Gleichgewicht wiedergegeben hätte, diesen Wahn auf die richtige Seite ihres Lebens verlagert und ihn in eine Linie gebracht hätte mit den anderen Symmetrien, mit den anderen Etappen. Aber es war nicht möglich, etwas war da entwischt, und man konnte nicht einfach so weitermachen, es akzeptieren. Ihr ganzer Körper warf sich im Sitz zurück, als sträubte er sich gegen die Flucht; es blieb nur eins zu tun, wenden und zurückfahren, sich mit allen Beweisen der Vernunft davon überzeugen, daß all das idiotisch war, daß es das Haus nicht gab, oder sollte es das Haus geben, daß es dann im Museum nur eine Ausstellung abstrakter Zeichnungen oder historischer Gemälde gab, die anzuschauen sie sich nicht bemüßigt gefühlt hatte. Die Flucht war eine schäbige Art, das Unannehmbare zu akzeptieren, allzu spät gegen das einzig vorstellbare Leben zu verstoßen, gegen das tägliche blasse Einverständnis mit dem Sonnenaufgang oder den Nachrichten im Radio. Sie sah zur Rechten eine Ausweiche, wendete und fuhr auf der Landstraße zurück, voll aufs Gaspedal tretend, bis die ersten Bauernhöfe am Ortsrand auftauchten. Sie ließ den Platz hinter sich, erinnerte sich, daß es linker Hand ein freies Gelände gab, wo sie den Wagen parken konnte, ging zu Fuß durch die erste leere Gasse, hörte auf einer Platane eine Zikade zirpen, und da war der verlassene Garten, die große Tür stand immer noch offen.

Wozu sich in den beiden ersten Räumen aufhalten, wo das horizontal einfallende Licht nichts von seiner Intensität verloren hatte; sie stellte gerade nur fest, daß die Tische noch da waren, die Tür des dritten Raums hatte sie beim Hinausgehen vielleicht selbst geschlossen. Sie wußte, daß man sie nur aufzustoßen brauchte, um ungehindert hineinzugehen und den Tisch und den Stuhl vorzufinden. Sich wieder setzen, um eine Zigarette zu rauchen (an einer Ecke des Tisches war das Aschehäufchen der vorherigen, die Kippe mußte sie auf die Straße geworfen haben), sich etwas zur Seite wenden, um den direkten Ansturm des Lichts vom Fenster zu meiden. Sie holte das Feuerzeug aus der Handtasche, sah dem Rauch nach, der sich im Licht ringelte. Sollte das leichte Lachen vorhin der Laut eines Vogels gewesen sein, so sang draußen jetzt kein

Vogel mehr. Aber es blieben ihr noch viele Zigaretten zu rauchen, sie konnte sich auf den Tisch stützen und ihren Blick ins Dunkel der hinteren Wand versenken. Sie konnte natürlich gehen, wann sie wollte, aber sie konnte auch bleiben; vielleicht wäre es schön zu sehen, ob das Sonnenlicht langsam die Wand hinaufstieg und den Schatten ihres Körpers, des Tisches und des Stuhls mehr und mehr verlängerte, oder ob es so bliebe, ohne sich zu ändern, unbeweglich wie alles übrige, unbeweglich wie sie und der Rauch.

Es war der kleine Juárez, der mir eines Abends nach den Kämpfen Ciclón Molina vorstellte, Juárez ging kurz darauf wegen eines Jobs nach Córdoba, aber ich traf mich weiterhin mit Ciclón in diesem Café in der Maipú Nr. 500, das es heute nicht mehr gibt, meistens samstags nach dem Boxkampf. Möglicherweise sprachen wir schon das erste Mal von Mario Pradás, Juárez war einer von Marios begeisterten Fans gewesen, obgleich kein größerer als Ciclón, denn Ciclón war Marios Sparringspartner, als der sich auf die Reise in die USA vorbereitete, und er erinnerte sich an vieles, das Mario betraf, an seine Art, die Schläge zu führen, sein jähes Abtauchen bis zum Boden, seine herrliche Linke, seine trotzige Gelassenheit. Alle hatten wir Marios Karriere verfolgt, und selten trafen wir uns nach dem Boxkampf im Café, ohne daß einer Marios gedachte, es trat dann immer Stille ein am Tisch, die Jungs zogen schweigend an ihren Zigaretten, und danach wurde präzisiert, Bilanz gezogen, manchmal auch kam es zu Differenzen über Daten, Gegner und Ergebnisse. Da hatte Ciclón immer mehr zu sagen als die anderen, denn er war Marios Sparringspartner gewesen und hatte auch freundschaftlich mit ihm verkehrt, nie würde er es Mario vergessen, daß der ihm den ersten Vorkampf im Luna Park verschafft hatte zu einer Zeit, als sich im Ring mehr Kandidaten drängten als im Aufzug eines Ministeriums.
»Ich habe den Kampf damals nach Punkten verloren«, sagte Ciclón dann immer, und wir alle lachten, fanden

es komisch, daß er Mario die Gefälligkeit, die der ihm erwiesen hatte, so schlecht gelohnt hat. Aber Ciclón nahm das nicht krumm, zumal mir nicht, nachdem Juárez ihm gesagt hatte, daß ich mir keinen Kampf entgehen ließe und daß ich eine wahre Enzyklopädie wäre, was die Weltmeisterschaften seit den Zeiten von Jack Johnson betrifft. Vielleicht deshalb traf Ciclón mich an den Samstagabenden gern allein im Café, wir unterhielten uns beide endlos über Dinge des Boxens. Er hörte es gern, wenn ich von den Zeiten eines Firpo sprach, für ihn war all das Mythologie, und er genoß es wie ein Junge, Gibbons und Tunney und Carpentier, ich erzählte stückchenweise, mit diesem Vergnügen, Erinnerungen wieder flottzumachen, all die Dinge, die weder meine Frau noch meine kleine Tochter interessierten, wie du dir vorstellen kannst. Und es gab da noch etwas anderes, Ciclón boxte nämlich weiter in Vorkämpfen, er gewann oder verlor, mehr oder weniger ausgeglichen, ohne sich im Klassement zu verbessern, er gehörte zu denen, die das Publikum kannte, ohne sich mit ihnen anzufreunden, kaum daß ihn die eine oder andere Stimme in der lahmen Atmosphäre der als überflüssig betrachteten Vorkämpfe anfeuerte. Da war nichts zu machen, und er wußte das, seine Schläge saßen nicht, es fehlte ihm an Technik in einer Zeit, wo es viele behende Burschen gab, die mit allen Wassern gewaschen waren; ich nannte ihn, natürlich ohne es ihm zu sagen, einen rechtschaffenen Boxer, der Typ, der sich ein paar Pesos verdient, indem er so gut kämpft, wie er kann, der immer gleicher Stimmung ist, ob er nun gewinnt oder verliert, wie die Bar-Pianisten oder die Sänger einer kleinen Neben-

rolle, ja, er tat seine Arbeit wie geistesabwesend, nie habe ich nach einem Kampf eine Veränderung an ihm bemerkt, wenn er nicht zu ramponiert war, kam er ins Café, wir genehmigten uns ein paar Biere, und er wartete auf die Kommentare und hörte sie sich mit einem stillen Lächeln an, gab mir seine Version der Sache aus der Perspektive des Rings, die manchmal von der meinen, der des Zuschauers, stark abwich, wir freuten uns oder schwiegen, je nachdem, die Biere waren ein festlicher Trunk oder ein Trostpflaster, ein netter Junge, der kleine Ciclón, ein feiner Kerl. Und gerade ihm mußte das passieren, es ist eines dieser Dinge, die man glaubt und doch nicht glaubt, diese Sache, die Ciclón passiert ist und die er selbst nie verstanden hat, die ohne Vorankündigung begann nach drei nach Punkten verlorenen Runden und einem ganz knappen Unentschieden, im Herbst eines Jahres, an das ich mich nicht mehr erinnere, es ist schon so lange her.
Ich weiß nur, daß wir, bevor das anfing, wieder von Mario Pradás gesprochen hatten, und Ciclón hatte mir viel voraus, wenn von Mario die Rede war, von ihm wußte er mehr als sonst jemand, obgleich er ihn nicht in die USA zum Kampf um die Weltmeisterschaft hatte begleiten können, der Trainer hatte nur einen Sparringspartner gewählt, weil die dort mehr als genug hatten, und die Reihe war an José Catalano, aber egal, Ciclón wurde durch andere Freunde und durch die Zeitungen von allem informiert, von jedem von Mario gewonnenen Kampf bis zum Abend der Weltmeisterschaft und von dem, was danach kam, das keiner von uns vergessen konnte, doch das für Ciclón noch schlimmer war, eine Art Verletzung, was man

ihm an der Stimme und an den Augen anmerkte, wenn er sich daran erinnerte.
»Tony Giardello«, sagte er. »Tony Giardello, dieser Hurensohn.«
Nie hatte man ihn jene beschimpfen hören, die ihn selbst besiegt hatten, jedenfalls beschimpfte er sie nicht so, als hätte man seine Mutter beleidigt. Daß Giardello Mario Pradás hatte bezwingen können, wollte ihm nicht in den Kopf, und an der Art, wie er sich über den Kampf informiert hatte, indem er alle Einzelheiten aus den Zeitungen zusammentrug und sich die Kommentare der anderen anhörte, spürte man, daß er diese Niederlage einfach nicht hinnehmen konnte, unausgesprochen suchte er irgendeine Erklärung dafür, die sie in seiner Erinnerung umdeutete, die vor allem das andere umdeutete, das danach passiert war, als es Mario nicht gelang, sich von einem K. o. zu erholen, der seinem Leben in zehn Sekunden eine Wendung gegeben hatte und ihm einen unwiderruflichen Abstieg bescherte nach zwei oder drei knapp gewonnenen oder unentschiedenen Kämpfen gegen Typen, die ihm früher keine drei Runden standgehalten hätten, und schließlich die Resignation und nach wenigen Monaten der Tod, ein jämmerlicher Tod nach einer Krise, die nicht einmal die Ärzte verstanden, dort hinten in Mendoza, wo es weder Fans noch Freunde gab.
»Tony Giardello«, sagte Ciclón, sein Bier anstarrend. »Ein Hurensohn.«
Ein einziges Mal traute ich mich, ihm zu sagen, daß niemand an der Art, wie Giardello Mario besiegte, Anstoß genommen hatte, und der beste Beweis für sein Können sei, daß er nach zwei Jahren immer noch

Weltmeister war und daß er seinen Titel dreimal erfolgreich verteidigt hatte. Ciclón hörte mir zu, ohne etwas zu sagen, ich bin jedoch nie darauf zurückgekommen, und ich muß sagen, daß auch er nicht wieder angefangen hat, Giardello zu beschimpfen, so als hätte er es eingesehen. Ich bringe die Zeiten etwas durcheinander, aber es muß zu der Zeit gewesen sein, als der Kampf – über halbe Distanz mangels etwas Besserem an diesem Abend – mit dem Linkshänder Aguinaga stattfand und Ciclón, nachdem er die ersten drei Runden wie gewöhnlich geboxt hatte, in die vierte ging, als führe er Rad, und den Linkshänder nach vierzig Sekunden in den Seilen hängen ließ. Ich dachte, ich würde ihn an diesem Abend sicher im Café treffen, aber wahrscheinlich feierte er mit anderen Freunden oder hatte sich in seinen Bau verkrochen (er war mit einer Kleinen aus Luján verheiratet, die er sehr liebte), so daß ich keinen Kommentar zu hören bekam. Natürlich konnte es mich nach diesem Sieg nicht wundern, daß die vom Luna Park ihm einen Kampf über 15 Runden mit Rogelio Coggio aus Santa Fe ausrichteten, dem ein großer Ruf vorausging, und obgleich ich für Ciclón das Schlimmste befürchtete, ging ich hin, um ihn anzufeuern, und ich kann dir sagen, daß ich das, was sich da abspielte, kaum glauben konnte, das heißt, am Anfang passierte nichts, und von der vierten Runde an war Coggio Ciclón bei weitem überlegen, der Sieg damals über den Linkshänder schien mir schon reiner Zufall, als Ciclón, seit dem Gongschlag fast ohne Deckung, plötzlich anzugreifen begann und Coggio an ihm hing wie an einem Kleiderständer, die Leute sprangen auf, verstanden gar nichts mehr, und da schickte ihn Ciclón zack, zack für acht Sekunden auf die Matte, und fast gleich darauf narkotisierte er ihn mit einem Haken, den man noch auf der Plaza de Mayo gehört haben mußte. Ich war aus der Tüte, wie man damals sagte.

An dem Abend kam Ciclón ins Café mit der Schar von Parasiten, die sich immer an die Gewinner hängen, doch als er eine Weile mit ihnen gefeiert hatte und die obligatorischen Fotos gemacht worden waren, kam er an meinen Tisch und setzte sich, so als wollte er in Ruhe gelassen werden. Er schien gar nicht müde zu sein, obgleich Coggio ihm eine Augenbraue aufgerissen hatte, aber am meisten wunderte mich, daß er mich irgendwie anders ansah, so als würde er mich oder sich selbst etwas fragen; hin und wieder rieb er sich das rechte Handgelenk und sah mich dann wieder etwas seltsam an. Was soll ich dir sagen, ich war nach dem, was ich gesehen hatte, so verblüfft, daß ich besser wartete, bis er etwas sagte, aber schließlich gab ich ihm dann doch meine Version des Kampfes, und ich glaube, daß Ciclón sehr wohl merkte, daß ich es einfach nicht glauben konnte, erst der Linkshänder und jetzt Coggio in weniger als zwei Monaten und auf diese Weise, mir fehlten die Worte.

Ich erinnere mich, das Café leerte sich langsam, doch ließ uns der Wirt, nachdem er den Metallrolladen heruntergelassen hatte, noch dableiben, Ciclón trank ein weiteres Bier fast in einem Zuge und rieb sich von neuem das strapazierte Handgelenk.

»Das habe ich wohl Alesio zu verdanken«, sagte er, »man macht sich das nicht klar, aber sicher sind es die Tips von Alesio.«

Wie mir schien, sagte er das nur, um etwas zu sagen, ohne Überzeugung. Ich wußte gar nicht, daß er den Trainer gewechselt hatte, das konnte die Erklärung sein, doch heute, wo ich daran zurückdenke, glaube ich, daß auch ich damals nicht davon überzeugt war. Sicher konnte jemand wie Alesio viel für Ciclón tun, doch mit diesem K.o.-Schlag hatte es etwas anderes auf sich. Ciclón betrachtete seine Hände, rieb sich das strapazierte Handgelenk.

»Ich weiß nicht, was mit mir ist«, sagte er, als schäme er sich. »Es überkommt mich ganz einfach, beide Male war es dasselbe.«

»Du trainierst eben enorm«, sagte ich, »man sieht ganz deutlich den Unterschied.«

»Mag sein, aber so plötzlich ... Alesio ist kein Zauberer.«

»Mach weiter so, gib's ihnen«, sagte ich scherzend, um ihn aus dieser seltsamen Abwesenheit, die ich an ihm bemerkte, herauszuholen, »so wie ich das sehe, bezwingt dich niemand mehr, Ciclón.«

Und so war es, nach dem Kampf mit dem Gato Fernández bezweifelte keiner mehr, daß der Weg frei war, der gleiche Weg, den Mario Pradás zwei Jahre zuvor gegangen war, eine Schiffsreise, zwei oder drei Vorbereitungskämpfe, die Herausforderung um die Weltmeisterschaft. Es waren miese Zeiten für mich, ich hätte alles gegeben, um Ciclón zu begleiten, aber ich konnte Buenos Aires nicht verlassen, ich war so oft wie möglich mit ihm zusammen, wir trafen uns immer wieder im Café, obgleich Alesio jetzt auf ihn aufpaßte und ihm das Bier und anderes rationierte. Das letzte Mal sah ich ihn nach dem Kampf mit dem Gato; ich kann mich noch genau erinnern, daß Ciclón in dem Gedränge im Café nach mir suchte und mich bat, mit ihm eine Tour zum Hafen zu machen. Er setzte sich ins Auto und lehnte es ab, daß Alesio mit uns kam; wir stiegen an einem der Docks aus und machten einen Bummel, wobei wir uns die Schiffe ansahen. Von Anfang an ahnte ich, daß Ciclón mir etwas sagen wollte; ich sprach ihm von dem Kampf, von der Art, wie der Gato bis zum Ende gekämpft hatte, und es war wieder so, als redete ich in den Wind, denn Ciclón sah mich an, ohne mir richtig zuzuhören, er nickte und schwieg, der Gato, ja, gar nicht einfach, der Gato.

»Am Anfang habe ich nicht wenig um dich gezittert«, sagte ich. »Du brauchst ja immer etwas Zeit, um in Fahrt zu kommen, und das ist gefährlich.«

»Ja, ich weiß, verdammt noch eins. Alesio gerät jedes Mal ganz außer sich, er denkt, ich mach's absichtlich oder aus reiner Angeberei.«

»Das ist schlecht, Mann, da kann man dir leicht zuvorkommen. Und jetzt ... «

»Ja«, sagte Ciclón und setzte sich auf eine Taurolle, »jetzt hab ich's mit Tony Giardello zu tun.«

»So ist es, mein Lieber.«

»Was willst du, Alesio hat recht, und du hast auch recht. Ihr könnt es einfach nicht verstehen. Ich selbst verstehe nicht, warum ich warten muß.«

»Warten worauf?«

»Was weiß ich. Daß es kommt«, sagte Ciclón und wandte sein Gesicht ab. Du wirst mir nicht glauben, aber es hat mich eigentlich nicht sehr verwundert, trotzdem war ich leicht perplex, Ciclón aber ließ mir keine Zeit zum Nachdenken, er sah mir fest in die Augen, als wollte er sich zu etwas durchringen.

»Du verstehst«, sagte er. »Weder mit Alesio noch mit sonst jemandem kann ich groß darüber reden, ich müßte ihnen eins in die Fresse geben, ich mag nicht, daß man mich für verrückt hält.«
Ich machte die Geste, die man macht, wenn man nichts anderes tun kann, ich legte ihm die Hand auf die Schulter.
»Ich verstehe überhaupt nichts«, sagte ich, »trotzdem danke ich dir, Ciclón.«
»Wenigstens du und ich können miteinander reden«, sagte Ciclón. »Wie an dem Abend mit Coggio, du erinnerst dich. Du hast's gemerkt, hast mir gesagt: ›Mach weiter so‹.«
»Hm, ich weiß nicht, was ich gemerkt haben soll, nur daß es schön war, so wie es war, und das hab ich dir gesagt, ich werde nicht der einzige gewesen sein.«
Er sah mich an, als wollte er mir zu verstehen geben, daß es nicht nur das war, und fing dann an zu lachen. Wir lachten beide, so entspannten wir uns.
»Gib mir eine Zigarette«, sagte Ciclón, »endlich einmal gängelt mich kein Alesio wie ein kleines Kind.«
Wir rauchten, das Gesicht dem Fluß zugewandt, dem feuchten Wind dieser Sommernacht.
»Du siehst, so ist es«, sagte Ciclón, als fiele es ihm jetzt leichter zu sprechen. »Ich, ich kann nichts machen, ich muß kämpfen und warten, bis dieser Augenblick kommt. Früher oder später wird man mich knallhart abservieren, ich gebe zu, ich habe Angst davor.«
»Du brauchst Zeit, um in Fahrt zu kommen, das ist es.«
»Nein«, sagte Ciclón, »du weißt ganz genau, daß es nicht das ist. Gib mir noch eine Zigarette.«

Ich wartete, ohne zu wissen worauf, und er blickte auf den Fluß und rauchte, die Anstrengung des Kampfes machte sich jetzt bemerkbar, er schien müde, wir sollten in die Stadt zurückfahren. Jedes Wort kostete mich Mühe, aber ich mußte ihn nun danach fragen, ich konnte es nicht dabei bewenden lassen, das würde es nur schlimmer machen, Ciclón hatte mich zum Hafen mitgenommen, um mir etwas zu sagen, und wir konnten so nicht verbleiben, du verstehst.

»Ich kann dir nicht ganz folgen«, sagte ich, »aber vielleicht habe ich dasselbe gedacht wie du, denn anders kann man nicht verstehen, was da vor sich geht.«

»Was da vor sich geht, weißt du«, sagte Ciclón, »was willst du, daß ich denke, sag mir mal.«

»Ich weiß nicht«, es fiel mir schwer, es ihm zu sagen. »Es ist immer dasselbe, es fängt in einer Pause an, ich bin überhaupt nicht da, Alesio brüllt mir ich weiß nicht was ins Ohr, dann der Gong zur nächsten Runde, und wenn ich aus meiner Ecke komme, ist es, als finge es eben erst an, ich kann's dir nicht erklären, aber es ist dann ganz anders. Wäre der andere nicht immer noch derselbe, der Linkshänder oder der Gato, würde ich glauben, ich träume oder so was, danach weiß ich nicht mehr, was eigentlich los ist, es geht so schnell.«

»Du meinst, für den anderen«, warf ich im Scherz ein.

»Ja, aber auch für mich, wenn man mir den Arm hochhebt, fühle ich schon nichts mehr, ich bin wieder da und verstehe nicht, ich muß mir die Sache erst langsam klarmachen.«

»Angenommen«, sagte ich, ohne zu wissen, was sagen, »angenommen, daß es so was ist, wer will das wissen. Die Hauptsache ist, daß du bis zum Schluß weitermachst, man muß sich nicht den Kopf zerbrechen und nach Erklärungen suchen. Ich, ich glaube, daß das, was dich dazu bringt, eben das ist, was du im Grunde willst, und das ist gut so, man braucht nicht weiter darüber zu reden.«

»Ja«, sagte Ciclón, »das muß es sein, das, was ich will.«

»Obwohl du davon nicht überzeugt bist.«

»Und du auch nicht, denn es fällt dir schwer, das zu glauben.«

»Laß es gut sein, Ciclón. Was du willst, ist, Tony Giardello k.o. schlagen. Das ist klar, wie mir scheint.«

»Das ist klar, aber ... «

»Und mir kommt es so vor, daß du es nicht nur für dich tun willst.«

»Hm.«

»Und dann fühlst du dich stärker oder so.«

Wir gingen zum Auto zurück. Mir schien, daß Ciclón mit seinem Schweigen akzeptierte, was uns die ganze Zeit nicht über die Zunge kommen wollte. Letztlich war es nur eine andere Art, es zu sagen, um es nicht mit der Angst zu bekommen, wenn du verstehst, was ich meine. Ciclón setzte mich an der Bushaltestelle ab; er fuhr langsam, am Steuer halb eingeschlafen. Es konnte ihm etwas passieren, bevor er nach Hause kam; ich war beunruhigt, doch am nächsten Tag sah ich die Fotos zu einem Interview, das man am gleichen Morgen mit ihm gemacht hatte. Es war darin die Rede von Plänen und natürlich von der Reise in den Norden, von dem großen Tag, der langsam näherrückte.

Ich habe dir schon gesagt, daß ich Ciclón nicht begleiten konnte, aber in der Clique sammelten wir sämtliche Informationen, uns entging keine Einzelheit. Ähnlich war es bei Mario Pradás' Reise gewesen, zuerst die Berichte über das Training in New Jersey, der Kampf mit Grossmann, die Ruhepause in Miami, eine Postkarte Marios an den *Gráfico*, wo er vom Haifischfang oder so was erzählte, dann der Kampf gegen Atkins, der Vertrag für die Weltmeisterschaft, die Yankee-Presse immer begeisterter, und am Ende (ist das nicht zum Heulen? ich sage am Ende, und das ist nur zu wahr, verdammt) der Abend mit Giardello, wir hängen am Radio, fünf Runden unentschieden, die sechste geht an Mario, die siebte wieder unentschieden, fast am Schluß der achten die erstickende Stimme des Reporters, der die Zählung der Sekunden wiederholt, der schreit, daß Mario aufsteht, wieder fällt, die neue Auszählung, bis zum Ende, Mario k.o., und später die Fotos, die waren so, daß man soviel Unglück nochmal erlebte, Mario in seiner Ecke und Giardello, der ihm einen Handschuh auf den Kopf legt, das Ende, sage ich dir, das Ende von allem, was wir uns mit Mario, von Mario erträumt hatten. Da konnte es mich nicht wundern, daß mehr als ein Sportjournalist in Buenos Aires von Ciclóns Reise als von einer symbolischen Revanche sprach, wie sie das nannten. Der Weltmeister war derselbe, er wartete nur auf Rivalen und erledigte sie alle, es war, als wiederholte Ciclón die Reise des anderen und müßte dasselbe durchmachen, die Hindernisse, die die Yankees jedem in den Weg legten, der nach dem Titel des Weltmeisters griff, vor allem, wenn er kein Landsmann war. Jedesmal, wenn ich diese Artikel las, dachte ich, wäre Ciclón bei mir gewesen, hätten wir sie kommentiert, indem wir einander bloß ansahen, wir hätten sie ganz anders verstanden als die anderen. Aber auch Ciclón mußte das denken, ohne eine Zeitung aufzuschlagen, jeder Tag, der verging, mußte für ihn wie die Wiederholung von etwas sein, das ihm auf den Magen drückte, ohne mit jemandem darüber sprechen zu können, wie er mit mir gesprochen hatte, obgleich wir eigentlich gar nicht viel darüber gesprochen hatten. Als er sich in der vierten Runde der ersten Mücke erwehrt hatte, eines gewissen Doc Pinter, schickte ich ihm vor Freude ein Glückwunschtelegramm, und er antwortete mir ebenfalls telegraphisch: *Wir machen weiter so, sei umarmt.* Danach kam der Kampf gegen Tommy Bard, der im Jahre zuvor die fünfzehn Runden gegen Giardello durchgestanden hatte, Ciclón schlug ihn in der siebten k.o., du kannst dir den Taumel der Begeisterung in Buenos Aires nicht vorstellen, du warst zu der Zeit noch zu klein und kannst dich nicht daran erinnern, viele Leute gingen nicht zur Arbeit, was da in den Fabriken los war, grenzte an Meuterei, und es gab fast nirgendwo mehr Bier. Die Fans waren so zuversichtlich, daß sie den nächsten Kampf schon für gewonnen hielten, und sie behielten recht, denn Gunner Williams konnte Ciclón kaum vier Runden standhalten. Danach begann das Schlimmste, das verzweiflungsvolle Warten bis zum 12. April, in der Woche davor trafen wir Fans uns jeden Abend im Café in der Maipú mit Zeitungen, Fotos und Prognosen, am Tag des Kampfes aber blieb ich zu Haus, ich würde schon noch Zeit haben, mit der Clique zu feiern, jetzt mußten Ciclón und ich unter uns

sein, mittels Radio, und da war etwas, das mir die Kehle zuschnürte und mich zwang, zu trinken und zu rauchen und Ciclón idiotische Dinge zu sagen, ich redete mit ihm vom Sessel aus, von der Küche aus, ich lief in der Wohnung umher wie ein Hund und dachte an das, was Ciclón vielleicht gerade dachte, während man ihm die Hände bandagierte, während man das Gewicht der Kämpfer bekanntgab, während ein Ansager all die Daten herunterbetete, die wir auswendig wußten, und allen wieder Mario Pradás in Erinnerung kam und dieser andere Abend, der sich nicht wiederholen durfte, den wir nie hingenommen hatten und von dem wir nichts mehr wissen wollten, so wie man bittere Pillen schnell herunterschluckt.
Du weißt ja, was passiert ist, wozu also soll ich's dir erzählen, die ersten drei Runden gingen an Giardello, der schneller und technisch besser war denn je, die vierte gewann Ciclón, der den raschen Schlagabtausch akzeptierte und Giardello am Ende der Runde sogar in Bedrängnis brachte, in der fünften sprang alles im Stadion auf, und der Reporter vermochte nicht zu sagen, was sich da in der Mitte des Rings abspielte, unmöglich, den Schlagwechsel anders zu verfolgen, als einzelne Worte zu brüllen, und fast in der Hälfte der Runde die Gerade von Giardello, Ciclón weicht zur Seite aus, ohne den Haken kommen zu sehen, der ihn für die ganze Zählung bis zum Aus auf die Matte schickt, die Stimme des Reporters, der schluchzt und schreit, das Klirren eines Glases, das an der Wand zerschellt, bevor die Flasche die Vorderseite meines Radios zertrümmert, Ciclón k.o., die zweite Reise gleich der ersten, die Schlaftabletten, was weiß ich, um vier

Uhr morgens auf einer Bank irgendeines Platzes. Was für eine Gemeinheit, das.
Sicher, da gibt es nichts einzuwenden, du wirst sagen, das ist das Gesetz des Rings oder sonst einen Unsinn, du hast Ciclón eben nicht gekannt, und warum sollte dir das zu Herzen gehen. Aber wir hier weinten, wenn du es wissen willst, es gab viele, die weinten, allein oder in der Clique, und viele dachten und sagten, daß es so im Grunde besser war, weil Ciclón die Niederlage nie verwunden hätte und es besser war, daß es so endete, acht Stunden im Koma im Krankenhaus und aus. Ich erinnere mich, daß eine Zeitschrift schrieb, er sei der einzige gewesen, der von all dem nichts mitbekommen hat, ist das nicht nett? Was für Scheißkerle. Ich brauche dir nichts zu erzählen von der Beerdigung, als man ihn nach hier überführte, nach Gardel war sie die grandioseste, die man in Buenos Aires je gesehen hat. Ich hielt mich von der Clique im Café fern, weil ich lieber allein sein wollte, es verging ich weiß nicht wieviel Zeit, bis ich rein zufällig bei den Rennen Alesio traf. Er war mitten in der Arbeit mit Carlos Vigo – du weißt ja, was der Junge für eine Karriere gemacht hat –, aber als wir ein Bier trinken gingen, erinnerte er sich, wie eng wir befreundet waren, Ciclón und ich, und er sagte es mir, er sagte es mir auf eine seltsame Art, indem er mich ansah, als wüßte er nicht genau, ob er es mir sagen sollte, und vielleicht sagte er es mir nur, um noch etwas hinzuzufügen, etwas, das ihm innerlich zu schaffen machte. Alesio war bekannt als Schweiger, und ich, der ich wieder an Ciclón denken mußte, zog es vor, eine Zigarette nach der anderen zu rauchen, weitere Biere zu bestellen und ihm so Zeit zu

lassen, wobei ich fühlte, daß ich mich an der Seite eines Menschen befand, der ein guter Freund Ciclóns gewesen war und alles, was er nur konnte, für ihn getan hatte.
»Er hat dich sehr gemocht«, sagte ich ihm dann, weil ich es fühlte und weil es richtig war, es ihm zu sagen, auch wenn er es wußte. »Immer wenn er mir vor der Reise von dir sprach, klang es so, als wärest du sein Vater. Ich erinnere mich an einen Abend, als wir zusammen spazierengingen, er bat mich da um eine Zigarette und sagte dann: ›Jetzt wo Alesio nicht da ist, der auf mich aufpaßt, als wäre ich ein kleiner Junge‹.«
Alesio senkte den Kopf, dachte nach.
»Ich weiß«, sagte er, »er war ein gewissenhafter Junge, ich hatte nie Probleme mit ihm, es kam vor, daß er mir entwischte, aber er kam reumütig schweigend zurück, immer gab er mir recht, und das, obgleich ich ein Ekel bin, alle sagen das.«
»Ciclón, verdammt nochmal.«
Nie werde ich den Augenblick vergessen, als Alesio den Kopf hob und mich ansah, als hätte er plötzlich einen Entschluß gefaßt, als wäre für ihn der lang erwartete Augenblick gekommen.
»Es ist mir egal, was du denkst«, sagte er, jedes Wort betonend und mit diesem seinem Akzent, der seine italienische Herkunft nicht verleugnen konnte. »Ich erzähl's dir, weil du sein Freund warst. Ich bitte dich nur um eins: wenn du glaubst, ich spinne, geh, ohne zu antworten, ich weiß, daß du nie etwas davon weitersagen wirst.«
Ich sah ihn an, und plötzlich war da wieder der Abend

am Hafen, ein feuchter Wind, der Ciclón und mir das Gesicht näßte.

»Man brachte ihn ins Krankenhaus, weißt du, und man meißelte ihm den Schädel auf, denn der Arzt meinte, daß man ihn trotz der schweren Verletzung vielleicht noch retten könnte. Du mußt wissen, daß es nicht nur der Fausthieb war, sondern auch der Aufprall, wie er mit dem Genick auf die Matte knallte, ich hab's genau gesehen und hab das Knacken gehört, trotz des Geschreis hab ich das Knacken gehört.«

»Meinst du wirklich, er hätte durchkommen können?«

»Was weiß ich, schließlich habe ich schlimmere Knockouts gesehen in meinem Leben. Tatsache ist, daß sie ihn schon um zwei Uhr morgens operiert hatten, ich war auf dem Gang und wartete, man ließ uns nicht zu ihm, wir waren zwei oder drei Argentinier und ein paar Yankees, schließlich blieb ich mit dem einen oder anderen vom Krankenhaus allein. Gegen fünf kam mich jemand holen, ich verstehe nicht viel Englisch, aber ich habe verstanden, daß nichts mehr zu machen war. Es war ein alter Krankenwärter, ein Schwarzer, er schien ganz verstört. Als ich Ciclón sah ...«

Ich glaubte, er würde nicht weitersprechen, ihm bebten die Lippen, und als er trinken wollte, schüttete er sich Bier aufs Hemd.

»Ich kann dir sagen, noch nie habe ich so was gesehen. Es war, als hätte man ihn gefoltert, als hätte sich jemand für ich weiß nicht was rächen wollen. Ich kann es dir nicht beschreiben, er war wie leer, als hätte man ihn ausgesaugt, als hätte er keinen Tropfen Blut mehr, verzeih, was ich da sage, aber ich weiß nicht, wie ich's sagen soll, es war, als hätte er selbst aus sich heraus wollen, aus sich ausbrechen wollen, verstehst du. War wie ein zusammengeschrumpfter Ballon, eine zerbrochene Puppe, du kannst es dir nicht vorstellen, aber zerbrochen von wem, wozu? Nun, geh, wenn du willst, laß mich nicht weiterreden.«

Als ich ihm die Hand auf die Schulter legte, erinnerte ich mich, daß ich an dem Abend am Hafen auch Ciclón die Hand auf die Schulter gelegt hatte.

»Wie du willst«, sagte ich. »Weder du noch ich können das verstehen. Was weiß ich, vielleicht doch, aber wir würden es nicht glauben. Ich weiß nur, daß es nicht Giardello war, der Ciclón getötet hat. Giardello kann ruhig schlafen, denn er war es nicht, Alesio.«

Natürlich begriff er nicht, wie auch du nicht, bei dem Gesicht, das du machst.

»Sowas kann passieren«, sagte Alesio. »Natürlich trifft Giardello keine Schuld, Mann, das brauchst du mir nicht zu sagen.«

»Ich weiß, aber du hast mir anvertraut, was du gesehen hast, und ich bin dir dafür natürlich dankbar. Ich bin dir so dankbar, daß ich dir noch etwas sagen will, bevor ich gehe. So sehr wir Ciclón auch bemitleiden, es muß einen anderen geben, der unser Mitleid mehr verdient als er, Alesio.« Glaub mir, es gibt einen anderen, den ich doppelt bemitleide, aber warum weiterreden, findest du nicht auch, weder Alesio begriff, noch begreifst du jetzt. Und ich, nun, wer weiß, was ich verstanden zu haben glaube, ich erzähl dir dies für alle Fälle, man kann nie wissen, aber ich weiß gar nicht, warum ich dir das erzähle, vielleicht weil ich langsam alt werde und zuviel rede.

Adán y raza, azar y nada
Adam und Rasse, Zufall und Nichts

Dergleichen Dinge, um den richtigen Weg zu finden, wie jetzt diese Sache mit *atar a la rata* (die Ratte anbinden), ein weiteres banales und aufdringliches Palindrom, Lozano ist immer besessen gewesen von diesen Spielen, die für ihn keine sind, da sich ihm alles wie in einem Spiegel zeigt, der lügt und zugleich die Wahrheit sagt, er sagt die Wahrheit, da er Lozano sein rechtes Ohr rechts zeigt, doch zugleich lügt er, weil für Laura oder irgend jemanden, der ihn betrachtet, das rechte Ohr das linke Ohr sein wird, auch wenn sie es im gleichen Moment als sein rechtes Ohr erklären, sie sehen es nur links, und das ist etwas, das kein Spiegel kann, da er solch geistiger Korrektur nicht fähig ist, und deshalb sagt der Spiegel Lozano zugleich eine Unwahrheit und eine Wahrheit, und das hat Lozano schon vor langer Zeit dazu gebracht, wie vor einem Spiegel zu denken; wenn *die Ratte anbinden* nicht mehr als eben das besagt, sind die Varianten doch nachdenkenswert, und dann blickt Lozano auf den Boden und läßt die Worte allein spielen, wobei er sie belauert, so wie die Jäger von Calagasta den Riesenratten auflauern, um sie lebendig zu fangen.

Er kann Stunden damit zubringen, obgleich ihm im Augenblick das konkrete Problem mit den Ratten nicht genügend Zeit läßt, um alle möglichen Varianten durchzuspielen. Daß all das nachgerade mit Vorbedacht wahnwitzig ist, wundert ihn nicht, nur

manchmal schüttelt er sich, als wolle er sich von etwas befreien, das er sich nicht zu erklären vermag, es ist ihm zur Gewohnheit geworden, mit Laura über das Rattenproblem zu sprechen, als wäre es die normalste Sache von der Welt, und das ist es ja auch, warum sollte es nicht normal sein, in Calagasta Riesenratten zu fangen, mit dem Mulattenburschen Illa und mit Yarará auf Rattenjagd zu gehen. Noch heute nachmittag müssen sie sich wieder zu den Hügeln im Norden aufmachen, denn schon bald wird eine neue Ladung Ratten abgehen, und man muß die Gelegenheit maximal nutzen, die Leute von Calagasta wissen das und gehen zur Treibjagd in die Wälder, ohne sich jedoch den Hügeln zu nähern, und sicher wissen das auch die Ratten, denn es wird immer schwieriger, sie aufzuspüren und, vor allem, sie lebendig zu fangen.
All das erklärt, warum Lozano es überhaupt nicht absurd findet, daß die Leute von Calagasta heute fast ausschließlich vom Fang der Riesenratten leben, und wie er gerade dabei ist, ein paar Schlingen aus dünnen Lederriemen vorzubereiten, fällt ihm das Palindrom *atar a la rata* ein, und eine Schlinge in der Hand, hält er inne, betrachtet Laura, die vor sich hin summend am Herd steht, und sagt sich, daß das Palindrom zugleich lügt und die Wahrheit sagt, wie ein Spiegel, natürlich muß man die Ratte anbinden, denn nur so erhält man sie am Leben, man kann sie in den Käfig stecken und Porsena geben, der die Kästen auf den Lastwagen lädt, der jeden Donnerstag zur Küste hinunterfährt, wo das Schiff wartet. Aber es ist auch eine Lüge, denn niemand hat je eine Riesenratte angebunden, es sei denn metaphorisch, indem man ihr den Hals zwischen die

Zinken einer Forke klemmt und ihr eine Schlinge umlegt, um sie in den Käfig zu stecken, die Hände immer schön außer Reichweite ihrer blutigen Schnauze und der herumfuchtelnden scharfen Klauen. Niemand wird je eine Ratte anbinden, und noch weniger seit dem letzten Mondwechsel, als Illa, Yarará und die anderen gemerkt hatten, daß die Ratten neue Strategien anwandten, noch gefährlicher wurden, indem sie sich unsichtbar machten, sich in Schlupfwinkel verkrochen, die sie vorher nie benutzt hatten, und daß es immer schwieriger werden würde, sie zu fangen, wo die Ratten sie jetzt kennen und ihnen sogar Trotz bieten.

»Noch drei oder vier Monate«, sagt Lozano zu Laura, die die Teller auf den Tisch unter dem Vordach der Hütte stellt. »Dann können wir wieder nach drüben, die Lage scheint sich zu beruhigen.«

»Mag sein«, sagt Laura, »aber besser sich keine Hoffnungen machen, wie oft haben wir uns schon getäuscht.«

»Ja, aber wir werden nicht immer hierbleiben und Ratten fangen.«

»Das ist besser, als zu früh hinüberzugehen, denn dann sind wir für sie die Ratten.«

Lozano lacht, knüpft eine weitere Schlinge. Es ist wahr, es geht ihnen hier gar nicht so schlecht, Porsena bezahlt die Ratten in bar, und alle leben von diesem Handel; solange es möglich ist, sie zu fangen, wird man in Calagasta zu essen haben, die dänische Gesellschaft, die die Schiffe schickt, braucht immer mehr Ratten für Kopenhagen, Porsena will erfahren haben, daß man sie in den Laboratorien für genetische Expe-

rimente braucht. Immerhin sind sie zu etwas nütze, sagt Laura manchmal.
Aus der Wiege, die Lozano aus einem Bierkasten gezimmert hat, kommt der erste Protest Lauritas. Der Chronometer, nennt Lozano sie, denn sie fängt immer genau in dem Augenblick an zu weinen, da das Essen fertig ist und Laura dabei ist, das Fläschchen zu füllen. Man braucht praktisch keine Uhr bei Laurita, sie sagt uns die Zeit genauer an als das bip-bip des Radios, meint Laura lachend, nimmt sie auf den Arm und zeigt ihr das Fläschchen, und dann Lauritas strahlendes Lachen, ihre grünen Augen, mit dem Armstumpf schlägt sie ihre linke flache Hand wie eine Trommel, mit diesem kleinen rosa Ärmchen, das in einer glatten Halbkugel aus Haut endet; Doktor Fuentes (der kein Doktor ist, aber in Calagasta spielt das keine Rolle) hat vorzügliche Arbeit geleistet, und es ist fast keine Narbe zu sehen, so als hätte Laurita da nie eine Hand gehabt, die Hand, die ihr die Ratten abgefressen haben, als die Leute von Calagasta anfingen, sie für das Geld, das ihnen die Dänen zahlten, zu jagen, und die Ratten sich zuerst zurückzogen, dann aber zum Gegenangriff übergingen, eine wütende nächtliche Invasion, gefolgt von wilder Flucht, der offene Krieg, woraufhin viele Leute darauf verzichteten, sie zu jagen, und sich darauf beschränkten, sich mit Fallen und Gewehren zu verteidigen, sie verlegten sich wieder auf den Anbau von Maniok oder gingen in anderen Bergdörfern arbeiten; einige jedoch setzten die Treibjagd fort, Porsena zahlte ihnen in bar, und der Lastwagen fuhr jeden Donnerstag zur Küste hinunter. Lozano war der erste, der sagte, daß er weiterhin Ratten fangen werde, er sagte es hier in der Hütte, als Por-

sena sich die Ratte betrachtete, die Lozano zu Tode getrampelt hatte, und Laura mit Laurita zu Doktor Fuentes lief, doch man konnte nichts mehr machen, nur die herabhängende zerfetzte Hand abschneiden, indes gelang diese vollkommene Vernarbung, so daß Laurita ihre kleine Trommel erfinden konnte, ihr lautloses Spiel.

Illa stört es nicht, daß Lozano dauernd mit den Worten spielt, jeder hat eben seinen Spleen, sagt er sich, aber weniger gefällt ihm, daß Lozano es zu weit treibt und unbedingt will, daß alles sich seinen Spielen anpasse, daß er, Yarará und Laura ihm auf diesem Weg folgen, wie sie ihm so oft gefolgt sind in diesen Jahren der Flucht durch das zerklüftete Gebirge des Nordens nach den Massakern. In diesen Jahren, denkt Illa, keiner weiß mehr, ob es Wochen oder Jahre waren, da war alles grün und von Dauer, der Urwald mit seiner eigenen Zeit, ohne Sonne und Sterne, und danach die Schluchten, eine rötliche Zeit, eine Zeit aus Stein, Wildwasser und Hunger, vor allem Hunger, und die Tage oder Wochen zählen zu wollen, hätte geheißen, noch mehr Hunger zu haben, da waren alle vier gefolgt, alle fünf am Anfang, aber Ruiz stürzte in einen Abgrund, und Laura wäre in den Bergen fast erfroren, sie war schon im sechsten Monat und ermüdete schnell, sie mußten sie, wer weiß wie oft, an Feuern aus trockenem Gras sich wärmen lassen, bis sie weitergehen konnte, manchmal noch sieht Illa Lozano vor sich, wie er Laura auf den Armen trägt, und Laura, die das nicht will, die sagt, es geht schon besser, ich kann wieder laufen, so immer weiter nordwärts, bis zu dem Abend, da die vier die Lichter von Calagasta sahen und wußten, daß alles gutgehen würde, wenigstens für kurze Zeit, daß sie an diesem Abend in einer der Hütten zu essen bekommen würden, auch wenn man sie hinterher denunzierte und der erste Hubschrauber käme, sie zu beschießen. Aber man denunzierte sie nicht, man kannte hier nicht einmal die Gründe, weswegen man sie hätte denunzieren können, hier litten alle Hunger wie sie, bis jemand nahe den Hügeln die Riesenratten entdeckte und Porsena auf die Idee kam, ein Exemplar als Muster an die Küste zu schicken.

»*Atar a la rata* ist weiter nichts als *atar a la rata*«, sagt Lozano. »Das taugt nicht viel, denn es bringt dich nicht weiter, und außerdem kann niemand eine Ratte anbinden. Man kommt damit einfach nicht weiter, das ist das Blöde an den Palindromen.«

»Ja, ja«, sagt Illa.

»Doch wenn du den Plural nimmst, ändert sich alles. *Atar a las ratas* ist nicht dasselbe wie *atar a la rata.*«

»Ist nicht viel anders, finde ich.«

»Das ist kein Palindrom mehr«, sagt Lozano. »Du brauchst nur den Plural zu nehmen, und alles ändert sich, du kriegst etwas Neues, es ist nicht mehr der Spiegel, oder es ist ein anderer Spiegel, der dir etwas zeigt, was du vorher nicht kanntest.«

»Was ist neu daran?«

»Nun, *atar a las ratas* ergibt *Satarsa la rata,* Satarsa, die Ratte.«

»Satarsa?«

»Das ist ein Name, und alle Namen isolieren und kennzeichnen. Jetzt weißt du, daß es eine Ratte gibt, die Satarsa heißt. Alle haben Namen, gewiß, aber jetzt gibt es eine, die Satarsa heißt.«

»Und was nützt es dir, daß du das weißt?«
»Weiß auch nicht, aber ich mache weiter. Gestern abend kam ich darauf, die Sache umzudrehen: *losbinden* statt *anbinden*. Und wie ich das Wort *desatarlas* hatte, sah ich es umgekehrt, und das ergab: sal, rata, sed. Was Neues, siehst du, *Salz* und *Durst*.«
»Ganz so neu nicht«, sagt Yarará, der im Hintergrund zuhört. »Zudem gehen sie immer miteinander einher.«
»So ist es«, sagt Lozano, »und sie zeigen einen Weg, es ist vielleicht das einzige Mittel, ihnen den Garaus zu machen.«
»Wir wollen ihnen nicht zu schnell den Garaus machen«, sagt Illa lachend, »wovon sollen wir leben, wenn es keine mehr gibt?«
Laura bringt den ersten Mate und bleibt abwartend stehen, wobei sie sich leicht auf Lozanos Schulter stützt. Illa sagt sich erneut, daß Lozano zuviel mit den Worten spielt, daß er noch völlig durchdrehen wird und alles zum Teufel geht.

Auch Lozano denkt das, während er die Lederschlingen vorbereitet, und als er mit Laura und Laurita allein ist, spricht er mit ihnen darüber, er spricht zu beiden, als könnte Laurita ihn verstehen, und Laura mag es, daß er ihre Tochter mit einbezieht, daß sie alle drei nah beieinander sind, während Lozano ihnen von Satarsa erzählt oder davon, wie man das Wasser salzen könnte, um den Ratten den Garaus zu machen.
»Um sie so wirklich und für immer anzubinden«, sagt Lozano lachend. »Sag mal, ist das nicht seltsam, in dem ersten Palindrom, das ich je gelesen habe, ging es

auch darum, jemanden zu fesseln, ich weiß nicht mehr wen, vielleicht war das schon Satarsa. Ich habe es in einer Erzählung gelesen, in der es viele Palindrome gab, aber ich erinnere mich nur noch an dies eine.«

»Du hast es mir in Mendoza, glaube ich, mal hergesagt, aber ich hab's vergessen.«

»*Atale, demoníaco Caín, o me delata* (Feßle ihn, teuflischer Kain, oder verrate mich)«, sagt Lozano skandierend, fast psalmodierend zu Laurita, die in ihrer Wiege lacht und mit den Fransen ihres kleinen weißen Poncho spielt.

Laura nickt, ja, es stimmt, daß man schon in diesem Palindrom jemanden fesseln möchte, aber um ihn zu fesseln, muß man keinen geringeren als Kain bitten. Und ihn obendrein noch teuflisch nennen.

»Pah«, sagt Lozano, »die alte Geschichte, das gute Gewissen, das von Anbeginn der Zeiten seine Spur durch die Historie zieht, Abel der Gute und Kain der Böse, wie in den alten Western.«

»The good guys and the bad guys«, erinnert sich Laura fast nostalgisch.

»Klar, hätte der Erfinder dieses Palindroms Baudelaire geheißen, wäre teuflisch nicht negativ, ganz im Gegenteil. Erinnerst du dich?«

»Schwach«, sagt Laura. »Stamm Abels, schlafe, iß und trinke, daß Gottes Gunst du dir erwirbst.«

»Stamm Kains, in Staub und Kot versinke, bis daß im Elend du verdirbst.«

»Ja, und anderswo sagt er in etwa noch: Stamm Abels, dein Aas wird den dampfenden Boden düngen, und danach: Stamm Kains, nun schleppe deine Familie die Wege dahin, oder so ähnlich.«

»Bis daß die Ratten deine Kinder fressen«, sagt Lozano fast stimmlos.
Laura vergräbt ihr Gesicht in beide Hände, schon lange hat sie gelernt, still zu weinen, sie weiß, daß Lozano nicht versuchen wird, sie zu trösten, Laurita ja, die findet diese Geste lustig und lacht, bis Laura die Hände senkt und ihr komplizenhaft zuzwinkert. Bald wird es Zeit sein für den Mate.

Yarará denkt, daß Illa recht hat und daß Lozanos Verrücktheit über kurz oder lang diese Ruhe zunichte machen wird, in der sie sich wenigstens in Sicherheit fühlen, immerhin leben sie unter den Leuten von Calagasta und bleiben hier, weil man nichts anderes tun kann, nur warten, daß die Erinnerungen an drüben mit der Zeit etwas verblassen und daß auch die von drüben langsam vergessen, daß es ihnen nicht gelungen ist, sie zu erwischen, sie, die noch am Leben sind in irgendeinem gottverlassenen Nest und daher zu liquidieren sind, daher das Kopfgeld, sogar das für den armen Ruiz, der schon vor langer Zeit in eine Schlucht gestürzt ist.
»Hauptsache, ihm nicht blindlings folgen«, denkt Illa laut. »Ich weiß nicht, aber für mich ist er immer der Chef, er hat so etwas, verstehst du, ich weiß nicht was, aber er hat's eben, und das genügt mir.«
»Diese ganze Bildung hat ihn verkorkst«, sagt Yarará. »Er tut nichts anderes als lesen oder grübeln, das ist nicht gut.«
»Möglich. Aber ich weiß nicht, ob es wirklich das ist, auch Laura ist auf der Universität gewesen, und wie du siehst, merkt man es ihr nicht an. Ich glaube nicht, daß es an der Bildung liegt. Was ihn verrückt macht, ist,

daß wir hier eingepfercht sind wie Schlachtvieh, und dann das, was mit Laurita passiert ist, die arme Kleine.«

»Sich rächen«, sagt Yarará. »Was er will, ist sich rächen.«

»Alle wollen wir uns rächen, die einen an der Miliz, die anderen an den Ratten. Es ist schwer, einen kühlen Kopf zu bewahren.«

Illa findet, daß Lozano mit seiner Verrücktheit nichts ändert, die Ratten werden dableiben, und es wird immer schwieriger, sie zu jagen, die Leute von Calagasta trauen sich nicht an sie heran, weil sie sich an die grausigen Geschichten erinnern, an das Skelett des alten Millán, an Lauritas Hand. Aber auch sie sind verrückt, vor allem Porsena mit seinem Lastwagen und den Käfigen, und die an der Küste und die Dänen sind noch verrückter, weil sie Geld für Ratten ausgeben, wozu die auch immer gut sein sollen. Das kann nicht ewig so weitergehen, es gibt Verrücktheiten, die plötzlich verschwinden, und dann wieder der Hunger, der Maniok, sollte es welchen geben, und die Kinder, die mit geblähten Bäuchen sterben. Da ist es denn noch besser, verrückt zu sein.

»Besser verrückt sein«, sagt Illa, und Yarará sieht ihn verwundert an, lacht dann, stimmt ihm beinahe zu.

»Hauptsache, ihm nicht blindlings folgen, wenn er mit seinem Satarsa anfängt und dem Salz und alldem, schließlich wird das nichts ändern, aber der beste Jäger ist immer noch er.«

»Zweiundachtzig Ratten«, sagt Illa. »Er hat den Rekord von Juan López geschlagen, der es auf achtundsiebzig gebracht hat.«

»Das treibt mir die Schamröte ins Gesicht«, sagt Yará, »ich mit meinen schlappen fünfunddreißig.«
»Da siehst du's«, sagt Illa, »er ist nun mal der Chef. So einen findest du weit und breit nicht.«

Man weiß nie so recht, woher die Nachrichten kommen, plötzlich ist da jemand im Laden von Adab, dem Araber, der etwas weiß, fast nie sagt er, woher er es hat, aber die Leute hier leben so abgeschieden, daß die Neuigkeiten wie mit dem Ostwind kommen, der einzige, der etwas Kühle und manchmal ein wenig Regen bringt; so selten die Neuigkeiten, so kurz der Regen, der vielleicht die immer gelblichen, immer kranken Kulturen retten wird. Eine Nachricht hilft, sich weiter durchzuschlagen, auch wenn es eine schlechte Nachricht ist.
Laura erfährt sie von Adabs Frau, sie kehrt zur Hütte zurück und erzählt sie mit leiser Stimme, so als könnte Laurita es verstehen, sie reicht Lozano einen weiteren Mate, und er schlürft ihn langsam und blickt dabei auf den Boden, wo ein schwarzes Insekt langsam auf den Herd zu krabbelt. Das Bein kaum ausstreckend, zertritt er den Käfer, trinkt den Mate in einem Zug aus und reicht die leere Tasse Laura, ohne sie anzusehen, von Hand zu Hand, wie so oft, wie bei vielem.
»Wir müssen hier weg«, sagt Lozano. »Wenn es stimmt, werden sie schon bald hier sein.«
»Und wohin sollen wir gehen?«
»Ich weiß nicht, keiner hier weiß das, sie leben hier wie die ersten oder die letzten Menschen. Zur Küste hinunter, mit dem Lastwagen, nehme ich an, Porsena wird sicher nichts dagegen haben.«

»Hört sich an wie ein Witz«, sagt Yarará, der sich mit den langsamen Bewegungen des Töpfers eine Zigarette dreht. »Wegfahren zusammen mit den Rattenkäfigen, man stelle sich das vor. Und danach?«
»Danach? Kein Problem«, sagt Lozano. »Aber wir brauchen Moneten für danach. Die Küste ist nicht Calagasta, wir werden dafür zahlen müssen, daß man uns in den Norden ziehen läßt.«
»Zahlen«, sagt Yarará. »Soweit sind wir also schon, daß wir Ratten gegen die Freiheit eintauschen müssen.«
»Schlimmer sind die dran, die die Freiheit gegen Ratten eintauschen«, sagt Lozano.
In seiner Ecke, wo er hartnäckig versucht, einen nicht mehr reparablen Stiefel zu flicken, lacht Illa, als huste er. Wieder ein Wortspiel, doch manchmal trifft Lozano ins Schwarze, und dann scheint es fast so, als hätte er recht mit seiner Manie, die Handschuhe umzustülpen, alles von der anderen Seite zu sehen. Die Kabbala der Armen, wie Lozano einmal sagte.
»Das Problem ist die Kleine«, sagt Yarará. »Wir können mit ihr nicht in die Berge gehen.«
»Das nicht«, sagt Lozano, »aber an der Küste könnte man einen Fischer finden, der uns weiter nördlich absetzt, eine Frage des Glücks und des Geldes.«
Laura reicht ihm einen Mate und wartet, doch keiner sagt etwas.
»Ich meine, ihr beide solltet sofort gehen«, sagt Laura, ohne jemanden anzusehen. »Lozano und ich, wir werden uns schon was einfallen lassen, es gibt keinen Grund, noch länger hierzubleiben, geht sofort in die Berge.«
Yarará zündet seine Zigarette an, der Rauch verhüllt

sein Gesicht. Er ist nicht gut, der Tabak von Calagasta, die Augen beginnen einem zu tränen, und alle müssen husten.
»Hast du schon mal eine so verrückte Frau gesehen?« sagt er zu Illa.
»Nein, wirklich nicht. Sie will uns sicher bloß loswerden.«
»Geht zum Teufel«, sagt Laura, kehrt ihnen den Rükken zu und kämpft gegen die Tränen an.
»Wir können genügend Geld bekommen«, sagt Lozano, »wenn wir genügend Ratten fangen.«
»Wenn wir sie fangen.«
»Wir können«, insistiert Lozano. »Wir müssen nur gleich anfangen, müssen sie aufstöbern. Porsena wird uns das Geld geben und uns auf dem Lastwagen mitfahren lassen.«
»Schön und gut«, sagt Yarará, »aber gesagt ist noch lange nicht getan.«
Laura wartet, betrachtet Lozanos Lippen, als könnte sie so vermeiden, seine Augen zu sehen, die in eine leere Ferne gerichtet sind.
»Wir werden bis zu den Höhlen gehen müssen«, sagt Lozano. »Niemandem etwas davon sagen, alle Käfige auf den Karren von Guzmán, dem Indio, laden. Wenn wir etwas sagen, werden sie uns mit der Geschichte vom alten Millán kommen und uns nicht gehen lassen, du weißt, daß sie uns mögen. Auch der Alte hat ihnen damals nichts gesagt und ist auf eigene Faust losgegangen.«
»Ein schlechtes Beispiel«, sagt Yarará.
»Nun, er war allein, er hatte eben Pech, was immer du willst. Wir dagegen sind zu dritt und viel jünger.

Wenn wir sie in der Höhle einpferchen, denn ich vermute, es ist nur eine Höhle und nicht mehrere, räuchern wir die aus, damit sie herauskommen. Laura wird uns diese Kuhhaut da zurechtschneiden und uns damit die Beine oberhalb der Stiefel umwickeln. Mit dem Geld können wir uns dann in den Norden davonmachen.«

»Um für jeden Fall gewappnet zu sein, nehmen wir alle Patronen mit«, sagt Illa zu Laura. »Wenn dein Mann recht hat, wird es massenhaft Ratten geben, mehr als wir brauchen, um die zehn Käfige zu füllen, die übrigen sollen verrecken, kriegen eine Ladung verpaßt, verdammt noch mal.«

»Der alte Millán hatte auch seine Flinte dabei«, sagt Yarará. »Aber er war schon alt, und zudem war er allein.«

Er zieht sein Messer und prüft es an seinem Daumen, er nimmt die Kuhhaut herunter und fängt an, sie in gleichmäßige Streifen zu schneiden. Er wird das besser machen als Laura, Frauen können mit Messern nicht umgehen.

Der Braune zerrt immer nach links, glücklicherweise hält der Schecke dagegen, und der Karren zieht eine vage Spur im Grasland, geradeaus nach Norden; Yarará packt die Zügel fester und schreit den Braunen an, der wie protestierend den Kopf schüttelt. Es ist fast schon dunkel, als sie die Felswand erreichen, doch von weitem haben sie den Eingang der Höhle gesehen, der sich im weißen Stein abzeichnet; zwei oder drei Ratten haben sie gewittert und verschwinden in der Höhle, während sie die Gitterkäfige abladen und im Halbkreis vor dem Eingang aufstellen. Illa schneidet mit der Machete trockenes Gras, sie holen Werg und Kerosin vom Karren, Lozano nähert sich der Höhle und stellt fest, daß er, um hineinzugehen, nur ein wenig den Kopf einziehen muß. Die anderen brüllen hinter ihm her, er solle nicht verrückt sein und bloß draußen bleiben; er aber leuchtet mit der Taschenlampe schon die Wände ab auf der Suche nach dem tiefer hineinführenden Gang, durch den man nicht hindurch kann, einem schwarzen Loch voller roter Punkte, die der Lichtstrahl durchstöbert und durcheinanderwirbelt.

»Was machst du da?« hört er von draußen die Stimme Yararás. »Komm raus, Mann!«

»Satarsa«, sagt Lozano leise, zu dem Loch sprechend, aus dem ihn unruhig die Augen betrachten. »Komm raus, Satarsa, komm raus, König der Ratten, du und ich allein, du und ich und Laurita, du Bestie.«

»Lozano!«

»Ich komm ja schon, Kleiner«, sagt Lozano zögernd. Er wählt das vorderste Augenpaar, bannt es mit dem Lichtstrahl, zieht den Revolver und schießt. Ein Wirbel roter Funken und dann nichts mehr, möglich, daß er nicht mal getroffen hat. Dann geht's nur mit Ausräuchern, die Höhle verlassen und Illa helfen, der das trockene Gras und das Werg aufhäuft, der Wind ist mit ihnen; Yarará zündet ein Streichholz an, und alle drei warten bei den Käfigen; Illa hat einen gut markierten Durchgang gelassen, damit die Ratten aus der Falle entwischen können, ohne sich zu verbrennen, und sie würden sich ihnen dann direkt vor den offenen Käfigen entgegenstellen.

»Und davor hatten die Leute von Calagasta Angst?«

sagt Yarará. »Gut möglich, daß der alte Millán an was anderem gestorben ist und die Ratten ihn gefressen haben, als er schon kalt war.«
»Mach dir nichts vor«, sagt Illa.
Die erste Ratte springt heraus, und Lozanos Forke klemmt sie am Hals fest, mit der Schlinge hebt er sie hoch und schwingt sie in den Käfig; Yarará entwischt die nächste, doch jetzt stürzen sie zu vieren oder fünfen heraus, man hört das Quieken in der Höhle, und den Männern bleibt kaum Zeit, eine zu fangen, als schon fünf oder sechs wie Schlangen herausschnellen und die Käfige zu umgehen versuchen, um im Gras zu entkommen. Ein Strom von Ratten ergießt sich wie rötliches Erbrechen, wo immer die Forke hineinstößt, gibt es einen Fang, die Käfige füllen sich mit einer konvulsivischen Masse, die Jäger fühlen die Ratten an ihren Beinen, immer mehr quellen hervor, fallen übereinander, beißen um sich, zerfleischen sich gegenseitig, um der Hitze am Höhlenausgang zu entkommen und sich in die Dunkelheit zu flüchten. Lozano ist wie immer der schnellste, er hat schon einen Käfig voll und den zweiten zur Hälfte, da stößt Illa einen heiseren Schrei aus, hebt sein Bein an und tritt mit dem Stiefel wütend in eine brodelnde Masse, doch die Ratte will nicht loslassen, da klemmt Yarará sie zwischen die Zinken seiner Forke und legt ihr die Schlinge um, Illa flucht und besieht sich die Kuhhaut, als hinge die Ratte immer noch daran. Die riesigsten kommen zum Schluß heraus, sie sehen schon nicht mehr wie Ratten aus, und es ist sehr schwierig, sie mit der Forke zu Boden zu drücken, sie festzuklemmen und hochzuheben; Yararás Schlinge reißt, die Ratte entwischt und zieht

das Ende des Lederriemens hinter sich her, aber Lozano ruft, daß das nichts mache, daß nur noch ein Käfig fehle, den Illa und er vollstopfen, mit Forkenhieben zuschlagen und verriegeln, dann heben sie mit Eisenhaken alle Käfige auf den Karren, die Pferde werden unruhig und scheuen, Yarará muß sie an der Kandare halten und ihnen zureden, während die anderen auf den Sitz klettern. Es ist schon stockdunkel, und das Feuer erlischt langsam.

Die Pferde riechen die Ratten, man muß ihnen erst einmal freien Lauf lassen, sie galoppieren davon, als wollten sie den Karren in tausend Stücke sprengen, Yarará muß schließlich die Zügel straffer ziehen, und Illa hilft ihm dabei, vier Hände am Zügel, bis der Galopp abbricht und die Pferde in einen stotternden Trab fallen, der Karren kommt vom Wege ab, die Räder holpern über Steine und verfangen sich im Gestrüpp, hinten kreischen die Ratten, zerfleischen sich gegenseitig, und aus den Käfigen dringt ein Geruch nach Gekröse und Kot, die Pferde riechen es und wiehern, sie sträuben sich gegen die Kandare, wollen sich befreien und davonsprengen. Nun greift auch Lozano noch mit in die Zügel, und mit vereinten Kräften regulieren sie allmählich die Gangart, sie gelangen auf die Höhe des kahlen Berges und sehen das Tal vor sich, Calagasta mit nicht mehr als drei oder vier Lichtern, die Nacht ohne Sterne, mitten in dem wie leeren Land links das kleine Licht der Hütte, das beim Holpern des Karrens hin und her tanzt, nur noch knapp fünfhundert Meter, da verschwindet es plötzlich, als der Karren durchs Dickicht fährt, wo der Weg nurmehr dornige Peitschenhiebe ins Gesicht ist, eine kaum erkennbare Spur, welche die Pferde besser finden als die sechs Hände, die langsam die Zügel lockern, die Ratten jaulen und werden bei jeder Erschütterung durcheinandergeworfen, die Pferde haben sich gefügt, aber sie legen sich ins Zeug, als wollten sie endlich ankommen, endlich dort sein, wo man sie von diesem Gestank und diesen spitzen Schreien befreien würde, sie frei umherlaufen ließe, um mit ihrer Nacht allein zu sein, fern von dem, das sie verfolgt, das sie quält und verrückt macht.

»Lauf dann gleich los und hol Porsena«, sagt Lozano zu Yarará, »er soll sofort kommen, sie zählen und uns das Geld geben, es muß alles geregelt werden, damit wir bei Tagesanbruch mit dem Lastwagen wegfahren können.«

Der erste Schuß ist fast ein Scherz, dumpf und wie verloren, Yarará hat nicht einmal Zeit gehabt, Lozano zu antworten, als dann die Salve kracht, ein Prasseln wie zersplitternder trockener Bambus, ein Knistern kaum lauter als das Gequiek der Ratten, ein Ruck zur Seite, und der Karren rollt ins Gestrüpp, links der Braune will sich losreißen, zieht und zerrt und sackt in die Knie, Lozano und Yarará springen zur gleichen Zeit ab, Illa auf der anderen Seite, sie drücken sich ins Dickicht, während der Karren mit der kreischenden Ladung noch drei Meter weiterrollt und plötzlich stehenbleibt, der Braune rudert mit den Vorderbeinen auf dem Boden, noch halb gehalten von der Deichsel des Karrens, und der Schecke wiehert und schlägt mit allen vieren aus, ohne sich befreien zu können.

»Verschwinde dorthinüber«, sagt Lozano zu Yarará.

»Wozu, zum Teufel«, sagt Yarará. »Die sind schneller gewesen als wir, es lohnt nicht mehr.«
Illa stößt zu ihnen, hält seinen Revolver hoch und betrachtet eingehend das Gestrüpp, als suche er eine Lücke. Das Licht der Hütte ist nicht zu sehen, aber sie wissen, sie ist dort, hundert Meter weiter, direkt hinter dem Dickicht. Sie hören die Stimmen, eine brüllt Befehle, dann Stille, ein neuer Feuerstoß, Peitschenhiebe ins Gestrüpp, ein anderer sucht sie aufs Geratewohl weiter unten, die haben Munition satt, diese Hunde, sie werden so lange schießen, bis sie nicht mehr können. Sie selbst sind geschützt durch den Karren und die Käfige, durch das tote Pferd und das andere, das wie ein lebendiger Wall ist, sich windet und wiehert, bis Yarará auf seinen Kopf zielt und ihm den Gnadenschuß gibt, armer Schecke, so tapfer, ein so guter Kamerad, die Masse sinkt längs der Deichsel zu Boden und lehnt sich in die Weiche des Braunen, der hin und wieder noch zuckt, die Ratten verraten sie durch ihre Schreie, die durch die Nacht gellen, niemand mehr wird sie zum Schweigen bringen, man muß sich nach links halten, sich mit den Armen durch das dornige Gestrüpp hindurchkämpfen, die Flinte nach vorn stoßen, um mit ihrer Hilfe einen halben Meter vorwärts zu kommen, weg von dem Karren, auf den sich jetzt das Feuer konzentriert und wo die Ratten jaulen und jammern, als verstünden sie, als wollten sie sich rächen, man kann die Ratten nicht anbinden, denkt Illa, du hattest recht, Chef, ich scheiße auf deine Spielereien, aber du hattest recht, gottverdammter Kerl mit deinem Satarsa, wie recht du hattest, du Mistkerl.

Es sich zunutze machen, daß das Dickicht sich lichtet und es zehn Meter weit fast nur Gras gibt, eine Strecke ohne Deckung, die man hinter sich bringen kann, indem man sich auf die Seite rollt, die alte Methode, sich um und um wälzen, bis man wieder dichter bewachsenes Gelände erreicht, dann blitzschnell den Kopf heben, um in einer Sekunde alles zu überblicken, und sich wieder verbergen, dort das kleine Licht der Hütte und die sich bewegenden Schatten, das Aufblinken eines Gewehrlaufs, die Stimme desjenigen, der Befehle brüllt, das Maschinengewehrfeuer auf den Karren, wo es quiekt und jault. Lozano blickt weder zur Seite noch hinter sich, dort ist nurmehr Stille, Illa und Yarará tot oder, wie er, noch durch das Gebüsch schleichend auf der Suche nach einem Versteck, mit dem Rammbug des Körpers einen Pfad sich bahnend, das Gesicht brennend von den Dornen, blinde, blutende Maulwürfe, die vor den Ratten fliehen, denn jetzt sind es die Ratten, Lozano sieht sie, bevor er wieder im Gestrüpp untertaucht, vom Karren her dringen immer schrillere Schreie zu ihm, aber die anderen Ratten sind nicht dort, die anderen Ratten versperren ihm den Weg zwischen dem Dickicht und der Hütte, und obgleich in der Hütte noch Licht ist, weiß Lozano jetzt, daß Laura und Laurita nicht mehr dort sind, oder dort sind, aber nicht mehr Laura und Laurita sind, jetzt wo die Ratten die Hütte erreicht haben und Zeit genug gehabt haben, um zu tun, was sie dort getan haben werden, und um auf ihn zu warten, so wie die dort zwischen der Hütte und dem Karren auf ihn warten, eine Salve nach der anderen abfeuern, befehlen und gehorchen und schießen, jetzt wo es keinen Sinn mehr hat, die Hütte zu erreichen, und trotzdem noch einen Meter, sich noch einmal herumwälzen, wobei sich die Dornen in seine Hände bohren, den Kopf heben, um zu spähen, um Satarsa zu sehen, zu erkennen, daß der dort, der die Befehle brüllt, Satarsa ist und daß alle anderen auch Satarsa sind, sich aufrichten und die unnütze Ladung Schrot auf Satarsa abfeuern, der sich jäh zu ihm umdreht, sich das Gesicht mit den Händen bedeckt und hintüber fällt, getroffen von den Schrotkugeln, die ihm die Augen durchbohrt, den Mund zerfetzt haben, und Lozano feuert den zweiten Schuß auf den ab, der das Maschinengewehr auf ihn schwenkt, und der dumpfe Knall der Flinte geht unter im Prasseln des Feuerstoßes, das Gestrüpp wird niedergedrückt durch das Gewicht Lozanos, der vornüber in die Dornen fällt, die ihm ins Gesicht, in die weit geöffneten Augen dringen.

DIE SCHULE BEI NACHT

Von Nito habe ich nichts mehr gehört, und ich will auch nichts von ihm wissen. So viele Jahre, so vieles ist vergangen, womöglich ist er immer noch dort unten, wenn er nicht gestorben oder ins Ausland gegangen ist. Besser nicht an ihn denken, jedoch träume ich manchmal von den dreißiger Jahren in Buenos Aires, der Zeit in der sogenannten Normalschule, dem Lehrerseminar, und dann sehe ich plötzlich wieder Nito und mich in der Nacht, als wir uns in die Schule einschlichen, anschließend erinnere ich mich nicht mehr genau an die Träume, aber etwas bleibt immer von Nito, scheint in der Luft zu schweben, ich tue mein möglichstes, um zu vergessen, besser wäre, es verschwände langsam, aber nichts zu machen, von Zeit zu Zeit kommt es wieder, ist mir alles wieder vor Augen, so wie jetzt.

Die Idee, uns nachts in die anormale Schule einzuschleichen (wir nannten sie aus Jux so, aber auch aus triftigen Gründen), war Nito gekommen, und ich weiß noch genau, daß es in *La Perla* am Once war, als wir einen Cinzano bitter tranken. Meine erste Reaktion war, er sei wohl vom Affen gebissen, deßenunge8et – so schrieben wir damals, verballhornten die Orthographie aus Rachlust, was auch mit der Schule zu tun haben mußte – deßenunge8et hielt Nito an seiner Idee fest und redete von nichts anderem als von der Schule bei Nacht, wie toll es wäre, sie auszukundschaften, aber was willst du auskundschaften, wo wir sie doch in- und auswendig kennen, Nito, und dabei gefiel mir die Idee, ich stritt mich mit ihm nur des Streitens wegen, wobei ich ihn nach und nach Punkte machen ließ.

Nach einer Weile gab ich geschickt nach, denn auch ich fand, daß ich die Schule nicht in- und auswendig kannte, trotz der sechseinhalb Jahre in ihrem Joch – vier für den Magister und fast drei für die Lehrbefähigung –, um uns mit derart unglaublichen Stoffen herumzuplagen wie das Nervensystem, Diätetik und Spanische Literatur, wovon letzteres das Unglaublichste war, denn im dritten Trimester waren wir über den Conde Lucanor nicht hinausgekommen und sollten auch nie über ihn hinauskommen. Vielleicht deshalb, weil wir auf diese Weise unsere Zeit verloren, kam Nito und mir diese Schule ziemlich dubios vor, wir hatten den Eindruck, daß uns etwas entging, das wir gern in Erfahrung gebracht hätten. Ich weiß nicht, meiner Ansicht nach gab es da noch etwas anderes, jedenfalls für mich war die Schule bei weitem nicht so normal, wie ihr Name vorgab, und ich weiß, daß Nito meine Ansicht teilte, er hatte es mir zur Zeit unseres ersten Paktes gesagt, in jenen fernen Tagen eines ersten Jahres voller Schüchternheit, Hefte, Lineale und Zirkel. Nach so vielen Jahren sprachen wir nicht mehr darüber, doch an diesem Vormittag in *La Perla* hatte ich das Gefühl, daß Nitos Plan bis auf jene Zeit zurückging, und deshalb überzeugte er mich allmählich; es war so, als hätten wir vor Abschluß dieses Jahres, bevor wir der Schule für immer den Rücken kehrten, mit ihr noch eine Rechnung zu begleichen, müßten gewisse Dinge zu verstehen suchen, die wir nicht begriffen hatten, dieses Unbehagen, das

Nito und ich manchmal im Hof oder auf den Treppen empfanden, das vor allem ich jeden Morgen beim Anblick des Gittertors empfand, diesen leichten Druck im Magen, den ich seit dem ersten Tag verspürte, wenn ich dieses lanzenbewehrte Gittertor passierte, hinter dem das feierliche Peristyl lag, von dem aus es zu den fahlgelben Korridoren und der doppelten Treppe ging.

»Apropos Gittertor«, hatte Nito gesagt, »wir müssen bis Mitternacht warten und dann dort 'rüberklettern, wo ich zwei verbogene Spitzen gesehen habe, wir stülpen einen Poncho drüber und fertig.«

»Ein Kinderspiel«, hatte ich gesagt, »und genau in dem Moment kommt ein Bulle um die Ecke oder die Alte von gegenüber fängt laut an zu schreien.«

»Du gehst zu oft ins Kino, Toto. Hast du um diese Zeit schon mal jemanden in der Gegend gesehen? Der Bizeps schläft, wie Gardel sagt.«

Ich ließ mich also darauf ein, sicher war es idiotisch, und es würde nichts geschehen, weder draußen noch drinnen, die Schule würde dieselbe sein wie morgens, nur ein bißchen Frankenstein vielleicht, in der Dunkelheit, aber nicht mehr, was konnte es da nachts schon anderes geben als Bänke und Wandtafeln und vielleicht eine Katze auf der Jagd nach Mäusen, denn Mäuse, die gab es. Aber Nito redete immerzu von dem Poncho und der Taschenlampe, allerdings muß man sagen, daß wir uns ziemlich langweilten zu jener Zeit, denn fast alle Mädchen hielt man hinter Schloß und Riegel des Gütezeichens Papa und Mama, also ziemlich herbe Zeiten für uns, zumal uns Tanzpartys und Fußball nicht viel sagten, tagsüber verschlangen wir

Bücher, abends aber streiften wir zu zweit umher – manchmal auch mit Fernández López, der so jung gestorben ist – und entdeckten Buenos Aires, die Bücher von Castelnuovo, die Cafés des Hafenviertels und das Dock Sur, es war also nicht ganz unlogisch, daß wir nachts auch die Schule erkunden wollten, das bedeutete nur, etwas Unvollständiges vervollständigen, ein Geheimnis haben und die Schulkameraden am nächsten Morgen von oben herab ansehen, arme Kerle mit ihrem festen Stundenplan und ihrem Conde Lucanor von acht bis zwölf.
Nito war fest entschlossen, und wenn ich nicht mitmachen wollte, würde er allein eines Samstags nachts über das Gitter klettern, er erklärte mir, daß er den Samstag gewählt hatte für den Fall, daß etwas schiefgehe und er eingeschlossen würde, so hätte er Zeit genug, einen anderen Ausgang zu finden. Die Idee beschäftigte ihn schon seit Jahren, wahrscheinlich seit dem ersten Tag, als die Schule noch eine unbekannte Welt war und wir Novizen uns in den unteren Pausenhöfen nahe unserem Klassenzimmer wie Küken zusammendrängten. Nach und nach wagten wir es, durch die Flure und über die Treppen vorzurücken, und bekamen so eine Vorstellung von der riesigen gelben Schuhschachtel mit ihren Kolonnaden, ihren Marmorstatuen und diesem Geruch nach Seife, vermischt mit dem Lärm der Pausen und dem Gemunkel der Unterrichtsstunden, aber diese Vertrautheit hatte uns nicht völlig das Gefühl für das Fremdartige an dieser Schule genommen, trotz der Routine, der Mitschüler, der Mathematik. Nito erinnerte sich an Alpträume, wo sich so manches auf den Galerien, im Klas-

senzimmer der Schüler des dritten Jahres, auf den Marmortreppen ereignet hatte; immer nachts, natürlich, immer er allein in der nächtlich erstarrten Schule, und das konnte er auch am Morgen inmitten Hunderter von Mitschülern und Geräuschen nicht vergessen. Ich dagegen hatte nie von der Schule geträumt, doch ich begann mich zu fragen, wie sie wohl bei Vollmond aussehen würde, die Pausenhöfe unten, die oberen Galerien, und ich stellte mir eine quecksilberne Helle vor in den leeren Höfen, die strengen Schatten der Säulen. Manchmal, während der Pause, ertappte ich Nito dabei, wie er, abseits von den anderen, nach oben blickte, wo man durch die Balustraden der Galerien hindurch verstümmelte Körper sehen konnte, Köpfe und Oberkörper, die auf und ab gingen, und weiter unten Hosenbeine und Schuhe, die nicht immer demselben Schüler zu gehören schienen. Als ich mich einmal allein auf der großen Marmortreppe befand, während die anderen in ihren Klassenzimmern waren, fühlte ich mich wie verloren und nahm immer zwei Stufen auf einmal, und ich glaube, daß ich dieses Gefühls wegen nach ein paar Tagen wieder um Erlaubnis bat, die Klasse verlassen zu dürfen, ich wollte einen bestimmten Weg noch einmal zurücklegen, indem ich so tat, als würde ich eine Schachtel Kreide holen oder zur Toilette gehen. Es war wie im Kino, der Reiz einer idiotischen Spannung, und ich glaube, aus diesem Grunde habe ich mich so schlecht zur Wehr gesetzt gegen Nitos Plan, seine Idee, der Schule mitten in der Nacht die Stirn zu bieten; sie nachts zu betreten wäre mir nie eingefallen, aber Nito hatte für zwei gedacht, und das war gut so, wir hatten einen zweiten Cinzano

verdient, den wir jedoch nicht bestellten; wir hatten nicht genug Pinke.
Die Vorbereitungen waren einfach, ich besorgte eine Taschenlampe, und Nito erwartete mich am Once mit einem zusammengerollten Poncho unter dem Arm; es begann warm zu werden an diesem Wochenende, es waren jedoch nicht viele Leute auf dem Platz, fast ohne ein Wort zu sagen, gingen wir die Urquiza hinunter, und als wir in Höhe der Schule waren, blickte ich mich um, Nito hatte recht, nicht einmal eine Katze sah uns. Da erst fiel mir auf, daß Vollmond war, wir hatten das nicht einkalkuliert, und ich weiß nicht, ob uns das recht war, aber es hatte auch sein Gutes, da wir so keine Taschenlampe brauchten, wenn wir durch die Galerien gingen.
Sicherheitshalber machten wir eine Runde ums Karree, wobei wir vom Direktor sprachen, der in dem Haus neben der Schule wohnte, das im Obergeschoß durch einen Gang mit ihr verbunden war, so daß er auf direktem Wege in sein Büro gelangen konnte. Die Pedelle wohnten anderswo, und wir waren sicher, daß es keinen Nachtwächter gab, denn was sollte er bewachen in dieser Schule, wo es nichts Wertvolles gab, das Skelett halb kaputt, die Wandkarten in Fetzen, im Sekretariat zwei oder drei pterodaktylische Schreibmaschinen. Nito fiel ein, daß es im Büro des Direktors irgend etwas Wertvolles geben mußte, denn wir hatten einmal gesehen, wie er es abschloß, bevor er ging, seine Vorlesung in Mathe zu halten, wo die Schule doch voller Studenten war, aber vielleicht gerade deswegen. Weder Nito noch ich, noch sonst jemand mochten den Direktor, der bekannter war unter dem

Spitznamen der Schleicher; es lag weniger an seiner Strenge und daß er uns bei jeder Kleinigkeit verwarnte und mit Relegation drohte, als an etwas in seinem Gesicht, das dem eines ausgestopften Vogels ähnelte, und an seiner Art, urplötzlich aufzutauchen, ohne daß jemand ihn hatte kommen sehen, in einer Klasse zu erscheinen, als wäre das Urteil im voraus gefällt. Ein oder zwei uns freundlich gesinnte Professoren (der in Musik, der uns schlüpfrige Geschichten erzählte, und der in Naturwissenschaften, der sich der Idiotie bewußt war, Studenten der Philologie Vorlesungen über das Nervensystem zu halten) hatten uns gesagt, daß der Schleicher nicht nur ein eingefleischter Junggeselle sei, sondern darüber hinaus eine aggressive Misogynie zur Schau trug, was erklärte, warum wir an der Schule keine einzige Professorin hatten. Doch in eben dem Jahr mußte ihm das Ministerium zu verstehen gegeben haben, daß alles seine Grenzen hat, denn man hatte uns die Señorita Maggi geschickt, um die Studenten der Naturwissenschaften Organische Chemie zu lehren. Die Arme kam immer mit einer etwas ängstlichen Miene zur Schule, und Nito und ich stellten uns das Gesicht des Schleichers vor, wenn er ihr im Lehrerzimmer begegnete. Die arme Señorita Maggi als einzige Frau unter all diesen Mannsbildern, und dann noch den Hallodris vom siebten Jahr die chemische Formel für Glyzerin beibringen.

»Jetzt«, sagte Nito.

Ich hätte mir fast die Hand durchbohrt an einer der Eisenspitzen, doch es gelang mir, hinüberzuspringen, und sofort mußte man sich ducken, für den Fall, daß jemand gerade aus einem der Fenster im Haus gegenüber guckte, und dann auf allen vieren weiterkriechen, bis man einen erlauchten Beschützer fand, die Büste von Van Gelderen, Holländer und Begründer der Schule. Als wir das Peristyl erreichten, vom Klettern und Kriechen etwas außer Atem, mußten wir vor Anspannung lachen. Nito versteckte den Poncho hinter einer Säule, und wir folgten rechts dem Gang, der zur ersten Biegung führte, wo die Treppe begann. Die Wärme verstärkte den Geruch nach Schule, es war merkwürdig, die Türen der Klassenzimmer geschlossen zu sehen, und wir versuchten eine zu öffnen; natürlich hatten diese Tröpfe von Pedellen sie nicht abgeschlossen, und wir gingen kurz in die Klasse, wo wir sechs Jahre vorher unser Studium begonnen hatten.

»Ich habe dort gesessen.«

»Und ich dahinter, ich weiß nicht mehr, ob hier oder etwas weiter rechts.«

»Sieh mal, sie haben einen Globus stehenlassen.«

»Erinnerst du dich an Gazzano, der nie Afrika fand?«

Man bekam Lust, die Kreide zu nehmen und auf der Tafel herumzumalen, aber Nito meinte, daß wir nicht hergekommen seien, um Mätzchen zu machen, oder Mätzchenmachen bedeutete, nicht zugeben zu wollen, wie sehr uns die Stille bedrückte; sie war wie das ferne Echo einer Musik, das im Treppenhaus leis nachhallte; einmal hörten wir das Bremsgeräusch einer Straßenbahn, dann nichts mehr. Wir brauchten die Taschenlampe nicht, um die Treppe hinaufzugehen, der Marmor schien direkt vom Mondlicht erhellt, obgleich das Obergeschoß das gar nicht zuließ. Nito blieb mitten auf der Treppe stehen, um mir eine Zigarette anzubieten und sich selbst eine anzuzünden; immer wählte er die unpassendsten Augenblicke zum Rauchen.

Von oben sahen wir in den Schulhof im Erdgeschoß, kleinkariert wie fast alles in dieser Schule, der Unterricht eingeschlossen. Wir folgten dem Korridor, der oben um ihn herumführte, blickten in zwei oder drei Klassenzimmer und kamen zur Ecke, wo das Labor war; das hatten die Pedelle abgeschlossen, als käme jemand auf die Idee, die angeknacksten Reagenzgläser oder das Mikroskop aus der Zeit Galileos zu klauen. Vom zweiten Korridor aus sahen wir, daß das weiße Mondlicht den Korridor gegenüber beschien, wo sich das Sekretariat, das Lehrerzimmer und das Büro des Schleichers befanden. Ich war der erste, der sich zu Boden warf, und Nito eine Sekunde später, denn beide hatten wir Licht im Lehrerzimmer gesehen.

»Verflucht, da ist jemand.«

»Laß uns abhauen, Nito.«

»Warte, vielleicht haben die Pedelle bloß vergessen, das Licht auszumachen.«

Ich weiß nicht, wieviel Zeit verging, aber jetzt wurde uns klar, daß die Musik von dort kam, sie schien so fern wie auf der Treppe, aber wir hörten sie vom Korridor gegenüber kommen, eine Musik wie von einem Kammerorchester, alle Instrumente ganz leise. Es war so unvorstellbar, daß wir darüber unsere Angst vergaßen oder die Angst uns vergaß; plötzlich hatten wir gewissermaßen einen Grund für unser Hiersein, der mit der bloßen Romantik Nitos nichts zu tun hatte. Wir sahen uns wortlos an, und Nito begann auf allen vieren dicht an der Balustrade entlangzukriechen bis zur Ecke des dritten Korridors. Der Geruch nach Pisse aus den Toiletten daneben war wie immer stärker als die vereinten Kräfte der Pedelle und des Alkali. Als wir weiterkrochen und so bis zu den Türen unseres Klassenzimmers kamen, drehte Nito sich um und machte mir ein Zeichen, näherzukommen.

»Wollen wir mal sehen?«

Ich nickte, denn verrückt zu sein schien das einzig Vernünftige in diesem Augenblick, und wir krochen auf allen vieren weiter, wobei der Mond uns immer klarer abzeichnen und so verraten mußte. Ich war nicht besonders überrascht, als Nito, fatalistisch, sich aufrichtete, keine fünf Meter vor dem letzten Korridor, wo durch die nur angelehnten Türen des Sekretariats und des Lehrerzimmers Licht schien. Die Musik war plötzlich lauter geworden, oder es lag daran, daß wir ihr näher waren; wir hörten Stimmen, Lachen, Gläserklirren. Als ersten sahen wir Raguzzi, einen vom siebten Mathe, Champion in Leichtathletik, ein ganz mieser Typ und einer von denen, die sich mit viel Bizeps und Prahlerei den Weg bahnen. Fast direkt an der Tür stehend, kehrte er uns den Rücken, doch plötzlich trat er zur Seite, und das Licht traf uns wie ein Peitschenhieb, es wurde zerhackt von sich bewegenden Schatten, zwei Paaren, die zu einem Machicha-Rhythmus da vorbeitanzten. Gómez, den ich nicht gut kannte, tanzte mit einer Tussi in Grün, und der andere konnte Kurchin vom fünften Philo sein, ein kleiner Dicker mit Schweinsgesicht und Brille, der sich an ein Prachtweib mit pechschwarzem Haar im Abendkleid und mit Perlenkollier schmiegte. All das spielte sich da vor uns ab, wir sahen es, wir hörten es, aber natürlich konnte das gar nicht wahr sein, es konnte nicht wahr sein, daß wir spürten, wie sich eine Hand ganz langsam und sanft auf unsere Schultern legte.

»Schie schind nicht eingeladen», sagte der Pedell Manolo, »aber da Schie schon mal da schind, gehen Schie rein und machen Schie keine Faxen.«

Er gab uns beiden einen Schubs, und wir wären fast mit einem weiteren Paar, das dort tanzte, zusammengestoßen, hätten wir nicht scharf gebremst, und da sahen wir nun die ganze Gruppe, acht bis zehn Personen, das Grammophon mit dem kleinen Larrañaga, der die Platten auflegte, den in eine Bar verwandelten Tisch, die schummrige Beleuchtung, die Gesichter, die uns langsam erkannten, ohne sehr überrascht zu sein, alle mußten denken, daß man uns eingeladen hatte, und Larrañaga machte uns sogar ein Zeichen des Willkommens. Nito war wie immer schneller, in drei Sätzen war er an einer der Seitenwände, und ich machte es ihm nach. Wie Schaben an der Wand klebend, sahen wir nun wirklich, was sich da abspielte, und begannen uns darein zu ergeben. Bei dieser Beleuchtung und all den Leuten schien das Lehrerzimmer doppelt so groß, es gab grüne Vorhänge, die ich nie bemerkt hatte, wenn ich morgens durch den Korridor ging und einen Blick in das Zimmer warf, um zu sehen, ob Migoya, unser Schrecken in Logik, schon da war. Alles sah nach einem Club aus, war hergerichtet für die Samstagabende, die Gläser und die Aschenbecher, das Grammophon und die Lampen, die nur soviel erhellten, wie nötig war, und Zonen des Halbdunkels schufen, die den Raum größer machten.

Ich weiß nicht, wie lange ich brauchte, um auf das,

was sich uns da bot, etwas von der Logik anzuwenden, die Migoya uns lehrte, aber Nito war wie immer fixer als ich, ihm hatte ein Blick in die Runde genügt, um sowohl die Kommilitonen als auch Professor Iriarte zu identifizieren und zu merken, daß die Frauen in Wirklichkeit verkleidete Jungen waren, Perrone, Macías und noch einer vom siebten Mathe, an dessen Namen er sich nicht erinnern konnte. Zwei oder drei trugen eine Maske, einer von ihnen, als Hawaiianerin verkleidet, schien mit seinem Hüftwackeln Iriarte sichtlich zu gefallen. Der Pedell Fernando fungierte als Barkeeper, fast alle hatten ein Glas in der Hand, und jetzt begann ein Tango, gespielt vom Lomuto-Orchester, Paare bildeten sich, und die überzähligen Männer tanzten untereinander. Ich war nicht besonders überrascht, als Nito mich um die Taille faßte und in die Mitte des Raums bugsierte.

»Wenn wir weiter hier stehenbleiben, wird es Stunk geben«, sagte er. »Tritt mir nicht auf die Füße, du Trampeltier.«

»Ich kann nicht tanzen«, antwortete ich, obgleich er noch schlechter tanzte als ich. Wir waren mitten im Tango, und Nito, der aus den Augenwinkeln nach der halb offenen Tür sah, führte mich langsam dorthin, um bei der erstbesten Gelegenheit zu verduften, aber er sah, daß der Pedell Manolo immer noch dort stand, und so kehrten wir in die Mitte zurück und versuchten sogar, mit Kurchin und Gómez, die miteinander tanzten, zu flachsen. Niemand merkte, daß die Doppeltür, die ins Vorzimmer des Büros vom Schleicher führte, geöffnet wurde, plötzlich aber stellte der kleine Larrañaga das Grammophon ab, und wir standen wie blöde

da, ich spürte, wie Nitos Hand sich in meine Taille krallte, bevor sie mich losließ.
Ich bin so langsam bei allem, und als ich anfing zu kapieren, hatte Nito längst begriffen, daß die beiden Frauen, die dort Hand in Hand in der Tür standen, der Schleicher und die Señorita Maggi waren. Die Verkleidung des Schleichers war so übertrieben, daß nach schüchternem Beifall eine Stille entstand wie kaltgewordene Suppe, gleichsam ein Loch in der Zeit. Ich hatte in den Nachtclubs am Hafen schon viele Transvestiten gesehen, doch so etwas noch nie, die fuchsrote Perücke, die fünf Zentimeter langen Wimpern, der Gummibusen, der unter einer pinkfarbenen Bluse bebte, der Faltenrock und die Stöckelabsätze wie Stelzen. Die Handgelenke hatte er voller Armbänder, seine Arme waren enthaart und weiß gepudert, und an seinen sich geziert bewegenden Fingern schienen die Ringe auf und ab zu gleiten. Jetzt ließ er die Hand der Señorita Maggi los und verneigte sich mit einer Geste von unendlicher Schwulheit, um sie vorzustellen und ihr einen Weg zu bahnen. Nito fragte sich, warum die Señorita Maggi wie sie selbst aussah, trotz der blonden Perücke, des straff nach hinten gekämmten Haars, ihrer in ein langes weißes Kleid gezwängten Figur. Ihr Gesicht war kaum geschminkt, vielleicht die Brauen etwas stärker nachgezogen, aber es war das Gesicht der Señorita Maggi und keine Obsttorte wie das des Schleichers mit Wimperntusche und Rouge und roter Stirnlocke. Die beiden kamen näher, wobei sie etwas frostig, fast herablassend grüßten, und der Schleicher warf uns einen Blick zu, in dem vielleicht Überraschung lag, die je-

doch einer zerstreuten Duldung Platz zu machen schien, so als wäre er schon informiert.

»Du, er hat nichts gemerkt«, flüsterte ich Nito zu.

»Denkste«, sagte Nito, »glaubste vielleicht, er sieht nicht, daß wir wie Clochards aussehen in diesem Ambiente?«

Er hatte recht, wegen des Gitterzauns hatten wir uns alte Hosen angezogen, ich war in Hemdsärmeln, und er trug einen leichten Pullover, dessen einer Ärmel am Ellbogen ziemlich löchrig war. Aber schon bat der Schleicher mit dem Gehabe einer kapriziösen Nutte den Pedell Fernando um einen nicht allzu starken Schnaps, während die Señorita Maggi einen trockenen Whisky verlangte, in einem Ton, der noch trockener war. Ein weiterer Tango begann, und alle fingen wieder an zu tanzen, wir als erste, aus reiner Panik, und die Neuankömmlinge schlossen sich den anderen an, die Señorita Maggi dirigierte den Schleicher unter starkem Einsatz der Hüften. Nito hätte sich gern Kurchin genähert, um etwas aus ihm herauszukriegen, zu Kurchin hatten wir mehr Kontakt als zu den anderen, doch es war schwierig in diesem Augenblick, wo die Paare dicht aneinander vorbeischoben und es nie genug Platz gab, um sich hindurchzuschlängeln. Die Flügeltür, die in das Vorzimmer des Schleichers führte, war offen geblieben, und als wir uns ihr bei einem Schwenk näherten, bemerkte Nito, daß auch die Tür zum Büro offenstand und daß dort Leute waren, die sich unterhielten und tranken. Von fern erkannten wir Fiori, einen feisten Kerl vom sechsten Philo, als Soldat verkleidet, und wahrscheinlich war die Dunkelhäutige dort, der die Haare ins Gesicht hingen und die sich neckisch in den Hüften wiegte, Moreira, einer vom fünften Philo, der im Ruf stand, von der anderen Fakultät zu sein.

Fiori kam auf uns zu, bevor wir ihm ausweichen konnten, in der Uniform wirkte er viel älter, und Nito meinte, graue Strähnen in seinem gestriegelten Haar zu sehen, aber wahrscheinlich hatte er Talkum draufgetan, um distinguierter auszusehen.

»Wohl neu hier, wie?« sagte Fiori. »Haben Sie schon Ophthalmologie gehört?«

Die Antwort mußte uns im Gesicht geschrieben stehen, denn er hat uns lange angesehen, und wir fühlten uns immer mehr als Rekruten vor einem geckenhaften Oberleutnant.

»Da hinaus«, sagte Fiori und wies mit dem Kinn auf eine angelehnte Seitentür. »Bei der nächsten Versammlung werden Sie mir den Schein bringen.«

»Ja, der Herr«, sagte Nito und gab mir einen groben Stoß. Ich hätte ihm gern das so lakaienhafte ›Ja, der Herr‹ vorgeworfen, aber Moreira (kein Zweifel, es war Moreira) erspähte uns, bevor wir die Tür erreichten, und nahm mich an der Hand.

»Komm, Blondschopf, wir gehen in den anderen Raum tanzen, hier ist es zu langweilig.«

»Nachher«, sagte Nito an meiner Statt. »Wir kommen gleich wieder.«

»Ach, alle lassen mich heute nacht allein.«

Ich war als erster draußen, indem ich mich, ich weiß nicht warum, seitlich durch die Tür schob, anstatt sie ganz zu öffnen. Aber so wie die Dinge lagen, fehlte es an dem Warum nicht. Nito, der mir schweigend folgte, blickte ins Halbdunkel des langen Flurs, und wieder war es einer der Alpträume von der Schule, wo es nie ein Warum gab, wo man immer nur weitermachen konnte, wo das einzige Warum ein Befehl von Fiori war, diesem als Militär verkleideten Kretin, der plötzlich auch noch hinzukam und uns einen Befehl gab, der einem echten Befehl gleichkam, dem wir zu gehorchen hatten, denn wenn ein Offizier befiehlt, wie kann man da nach Gründen fragen. Aber das war kein Alptraum, ich war an Nitos Seite, und Alpträume hat man nicht zu zweit.

»Hauen wir ab, Nito«, sagte ich zu ihm in der Mitte des Flurs. »Es muß einen Ausgang geben, so kann das nicht weitergehen.«

»Ja, aber warte, man bespitzelt uns, ich spür's im Urin.«

»Nein, Nito, hier ist niemand.«

»Eben deshalb, Blödmann.«

»Halt, Nito, bleib stehen. Ich muß dahinterkommen, was hier vor sich geht, merkst du nicht, daß ... «

»Achtung«, sagte Nito, und er hatte recht, die Tür, durch die wir auf den Flur gelangt waren, stand jetzt weit offen, und Fioris Uniform zeichnete sich klar ab. Es gab überhaupt keinen Grund, Fiori zu gehorchen, wir brauchten nur zurückzugehen und ihn zur Seite zu schubsen, so wie wir uns oft in den Pausen schubsten, sei's aus Spaß oder im Ernst. Auch gab es überhaupt keinen Grund, weiterzugehen, wie wir es taten, um auf zwei geschlossene Türen zu stoßen, die eine an der Seite und die andere geradeaus, überhaupt keinen Grund, daß Nito durch eine verschwand und zu spät merkte, daß ich ihm nicht gefolgt war, daß ich dummerweise die andere Tür gewählt hatte, versehentlich oder aus Protest. Es war ihm unmöglich, kehrtzumachen und mich zu suchen, das violette Licht des Raums und die Augen, die sich auf ihn hefteten, ließen ihn in dieser Umgebung erstarren, die er mit einem einzigen Blick erfaßte, den Salon mit dem riesigen Aquarium in der Mitte, dessen durchsichtiger Kubus bis zur Decke reichte und nur wenig Platz ließ für all die Leute, die sich dort vor den Glaswänden drängten und die im grünlichen Wasser langsam dahingleitenden Fische betrachteten, in einem Schweigen, das wie ein weiteres, äußeres Aquarium war, die erstarrte Gegenwart von Männern und Frauen (die Männer waren, die Frauen waren), gegen die Scheiben gepreßt, und Nito sagte sich: jetzt, jetzt umkehren, wo bist du, Toto, Dummkopf, Nito wollte kehrtmachen und fliehen, aber vor was fliehen, wo doch nichts geschah, wo er unbeweglich dastand wie die anderen und sah, wie sie die Fische betrachteten, und er Mutis erkannte und das Schwein Delucía und andere aus dem sechsten Philo und sich fragte, warum gerade die und nicht andere, wie er sich schon gefragt hatte, warum Typen wie Raguzzi, Fiori und Moreira, warum gerade die, die in der Schule nicht unsere Freunde waren, warum diese miesen Typen, mit denen wir nichts zu schaffen haben wollten, und nicht Láinez oder Delich oder einer der Freunde, mit denen man diskutierte oder herumbummelte oder Pläne schmiedete, ja, was hatten Toto und er hier bei diesen anderen verloren, auch wenn es ihre eigene Schuld war, sich nachts in die Schule einzuschleichen und so mit all diesen Typen zusammenzukommen, die sie tagsüber nicht ausstehen konnten, die größten Scheißkerle der Schule, ganz zu

schweigen vom Schleicher und diesem Arschkriecher Iriarte und von der Señorita Maggi, sogar die war da, wer hätte das gedacht, auch sie, die einzige wirkliche Frau unter all diesen Schwulen und Fieslingen.
Dann bellte ein Hund, es war kein lautes Bellen, doch es zerriß die Stille, und alle wandten sich dem unsichtbaren Hintergrund des Salons zu. Nito sah, wie aus dem violetten Dunst Caletti, einer vom fünften Mathe, auftauchte, mit erhobenen Armen kam er aus der Tiefe des Raums, als glitte er zwischen den anderen dahin, er hielt ein weißes Hündchen in die Höhe, das wieder zu bellen begann, sich wehrte, die Pfoten gefesselt mit einem roten Band, an dem etwas Schweres hing, vielleicht ein Klumpen Blei, der es langsam auf den Grund des Aquariums zog, in das Caletti es kurzerhand hineingeworfen hatte. Nito sah, wie der Hund unter Konvulsionen hinabsank, wie er versuchte, die Beine freizubekommen und an die Oberfläche zu paddeln, wie er langsam ertrank, wobei aus dem geöffneten Schnäuzchen Blasen aufstiegen, aber ehe er ertrank, bissen schon die Fische nach ihm, rissen ihm Fetzen aus dem Fell, das Wasser färbte sich rot, und die Wolke wurde immer dichter um den Hund, der sich noch sträubte in der brodelnden Masse aus Fischen und Blut.
All das konnte ich nicht sehen, denn hinter meiner Tür, die, glaube ich, von selbst zuging, war nichts als Schwarz; ich stand da wie gelähmt, wußte nicht, was tun, hinter mir war nichts zu hören, wo war Nito? In dieser Finsternis einen Schritt nach vorne zu machen oder angenagelt stehenzubleiben, war gleich entsetzlich, doch da bemerkte ich auf einmal den Geruch,

einen Geruch nach Desinfektionsmittel, nach Krankenhaus, nach Blinddarmoperation, kaum wurde mir bewußt, daß sich meine Augen an die Dunkelheit gewöhnten, die keine absolute Dunkelheit war, denn ganz hinten sah ich ein oder zwei kleine Lichter, zuerst ein grünes und dann ein gelbes, und auch die Silhouette eines Schranks und eines Sessels, und noch eine Silhouette, die sich vage bewegte und aus einer noch größeren Entfernung kam.

»Komm, mein Kleiner«, sagte die Stimme. »Komm näher, hab keine Angst.«

Ich weiß nicht, wie ich es fertigbrachte, mich zu bewegen, die Luft und der Boden waren wie ein einziger schwammiger Teppich, da waren ein Sessel mit verchromten Hebeln, gläserne Apparate und die kleinen Lichter; die blonde Perücke und das weiße Kleid der Señorita Maggi phosphoreszierten leicht. Eine Hand faßte mich an der Schulter und schob mich voran, die andere legte sich mir auf den Nacken und drückte mich in den Sessel, ich spürte an der Stirn die Kälte einer Glasscheibe, während die Señorita Maggi mir den Kopf zwischen zwei Stützen einklemmte. Fast direkt vor meinen Augen schimmerte eine weißliche Kugel mit einem kleinen roten Punkt in der Mitte, ich spürte die Knie der Señorita Maggi, die sich in den Sessel hinter der gläsernen Armatur setzte. Sie begann Hebel und Rädchen zu bewegen, klemmte mir den Kopf noch fester ein, das Licht wurde grün und dann wieder weiß, der rote Punkt vergrößerte sich und wanderte von einer Seite zur anderen; trotz der begrenzten Sicht nach oben konnte ich, einer Aureole gleich, das blonde Haar der Señorita Maggi sehen, unsere Gesich-

ter waren gerade nur durch die Glasscheibe mit den kleinen Lichtern und ein Rohr getrennt, durch das sie mich anblicken mußte.
»Beweg dich nicht und behalte den roten Punkt im Auge«, sagte die Señorita Maggi. »Siehst du ihn?«
»Ja, aber ... «
»Sprich nicht, bleib ruhig, ja, so. Sag mir nur, wann du den roten Punkt nicht mehr siehst.«
Was weiß ich, ob ich ihn sah oder nicht, ich schwieg, während sie mich von der anderen Seite aus weiter examinierte. Plötzlich wurde mir bewußt, daß ich außer dem Licht in der Mitte auch die Augen der Señorita Maggi hinter der Scheibe des Apparats sah, sie hatte kastanienbraune Augen, und darüber wellte sich der vage Reflex ihrer blonden Perücke. Nach unendlich kurzer Zeit war so etwas wie ein Keuchen zu hören, ich dachte, ich wäre das, ich dachte alles mögliche, während die Lichter langsam wanderten, sich in einem rötlichen Dreieck mit violetten Rändern versammelten, aber vielleicht war nicht ich es, der so schwer und geräuschvoll atmete.
»Siehst du das rote Licht immer noch?«
»Nein, ich sehe es nicht mehr, aber mir scheint, daß...«
»Beweg dich nicht, sprich nicht. Und jetzt sieh genau hin.«
Ein Atem wehte mich von der anderen Seite an, Stöße warmen Dufts, das Dreieck verwandelte sich jetzt in eine Reihe paralleler Linien, weiße und blaue, mich schmerzte das in die Gummistütze gepreßte Kinn, hätte ich doch bloß den Kopf heben und mich aus diesem Käfig, in dem ich mich gefangen fühlte, befreien

können. Da spürte ich, von weit herkommend, die Liebkosung zwischen meinen Schenkeln, die Hand, die zwischen meinen Beinen hinauffuhr und einen nach dem anderen die Knöpfe des Hosenschlitzes suchte, zwei Finger schlüpften hinein, knöpften ihn ganz auf und suchten etwas, das sich nicht fassen ließ, das geschrumpft war zu einem kläglichen Nichts, bis die Finger es umfaßten, es sanft hervorholten und langsam streichelten, während die Lichter immer heller wurden und der rote Punkt erneut auftauchte. Ich mußte versuchen, mich zu befreien, denn ich spürte erneut den Schmerz auf dem Kopf und am Kinn, aber unmöglich, aus diesem engen Käfig, der vielleicht auch hinten geschlossen war, herauszukommen. Wieder der Duft und das Keuchen, die Lichter tanzten vor meinen Augen, alles glitt hin und her wie Señorita Maggis Hand, die mich mit langsamer, endloser Verlassenheit erfüllte.

»Laß dich gehen«, kam die Stimme aus dem Keuchen, das Keuchen selbst sprach zu mir, »komm, mein Kleiner, ich brauche nur ein paar Tropfen für die Analysen, jetzt, ja, ja, jetzt.«

Ich spürte den Rand eines Gefäßes, alles war Lust und Flucht, die Hand half nach und rieb und drückte sanft, ich merkte kaum, daß vor meinen Augen nur noch eine dunkle Glasscheibe war und wie die Zeit verging. Die Señorita Maggi war jetzt hinter mir und löste die Gurte an meinem Kopf. Ein schneidender gelber Lichtstrahl traf mich, als ich mich aufrichtete und mir die Hose zuknöpfte, eine Tür im Hintergrund, die Señorita Maggi wies mir den Ausgang, wobei sie mich ausdruckslos ansah, ein glattes, zufriedenes Gesicht, die Perücke von dem gelben Licht strahlend hell. Jeder andere hätte sich sofort auf sie gestürzt, hätte sie in die Arme genommen, jetzt wo es keinen Grund mehr gab, sie nicht zu umarmen oder zu küssen oder zu schlagen, Typen wie Fiori oder Raguzzi zum Beispiel, aber vielleicht auch hätte niemand das getan und die Tür wäre hinter ihnen genauso zugeschlagen wie hinter mir, der ich mich auf einem anderen engen Flur wiederfand, der weiter hinten abbog und sich in seiner eigenen Biegung verlor, in einer Einsamkeit, wo Nito fehlte, wo mir Nitos Abwesenheit geradezu unerträglich war, und ich lief bis zur Biegung, sah eine einzige Tür und warf mich dagegen, doch sie war abgeschlossen, ich trommelte gegen sie und hörte mein Trommeln wie einen Schrei, ich lehnte mich an die Tür und sackte langsam an ihr hinab, bis ich auf den Knien lag, vielleicht Schwäche, ein Schwindelanfall nach all dem bei der Señorita Maggi. Da drang durch die Tür Geschrei und Gelächter zu mir.

Ja, dort drinnen lachte und schrie man, jemand hatte Nito geschubst, damit er zwischen der linken Wand und dem Aquarium hindurchgehe, wo alles auf der Suche nach dem Ausgang war, Caletti zeigte mit erhobenen Armen den Weg, so wie er zuvor den kleinen Hund gezeigt hatte, und die anderen folgten ihm kreischend und drängelnd, Nito wurde von jemandem hinter ihm vorangestoßen, der ihn eine Schlafmütze und einen Bummelanten schimpfte, er war kaum durch die Tür gegangen, als schon das Spiel begann, er erkannte den Schleicher, der von der anderen Seite hereinkam, er hatte die Augen verbunden und wurde vom Pedell Fernando und von Raguzzi geführt, die ihn vor Fehltritten und Zusammenstößen bewahrten, die anderen versteckten sich bereits hinter den Sesseln, in einem Schrank oder unter einer Couch, Kurchin war auf einen Stuhl gestiegen und von dem auf ein Bücherregal geklettert, und während alle sich in dem riesigen Salon verteilten und die Bewegungen des Schleichers belauerten, um sich ihm auf Zehenspitzen zu entziehen oder ihn mit einer Fistelstimme zu rufen, um ihn in die Irre zu führen, tappte der Schleicher umher und stieß kleine Schreie aus, die Arme nach vorn gestreckt, um jemanden zu erwischen, Nito mußte flüchten, sich an eine Wand drücken und sich dann hinter einem Tisch mit Blumen und Büchern verbergen, und als der Schleicher schließlich mit einem Schrei des Triumphes den kleinen Larrañaga zu packen kriegte, kamen alle aus ihrem Versteck und applaudierten, der Schleicher nahm seine Binde ab und band sie Larrañaga um, indem er sie mit aller Kraft festzog und verknotete, trotz der Proteste des Kleinen, der nun dazu verurteilt war, seinerseits die anderen zu suchen, die blinde Kuh ebenso malträtiert wie das weiße Hündchen. Und wieder zerstreuten sie sich unter Kichern und Gewisper, der Professor Iriarte hüpfte davon, Fiori suchte nach einem Versteck, ohne seine hochmütige Ruhe zu verlieren, Raguzzi herausfordernd, indem er zwei Meter vor dem kleinen Larrañaga aufschrie, der sich darauf nach vorne stürzte und nur in die Luft griff, Raguzzi, mit einem Satz außerhalb Larrañagas Reichweite, rief diesem zu *Me Tarzan, you Jane,* Stoffel! und der Kleine, völlig perplex, drehte sich um sich selbst und grabschte ins Leere, die Señorita Maggi war aufgetaucht, umhalste den Schleicher und machte sich über

Larrañaga lustig, beide kreischten vor Schrecken, wenn der Kleine direkt auf sie losging und sie mit seinen ausgestreckten Händen um ein Haar erwischte. Nito warf sich nach hinten und sah, wie Larrañaga Kurchin, der nicht aufgepaßt hatte, an den Haaren packte, Kurchin heulte auf, und Larrañaga riß seine Binde herunter, ohne seine Beute loszulassen, Beifall und Geschrei, und plötzlich Stille, weil der Schleicher die Hand hob, und Fiori neben ihm stand stramm und gab einen Befehl, den niemand verstand, doch egal, Fioris Uniform war der Befehl selbst, niemand rührte sich, nicht einmal Kurchin, dessen Augen sich mit Tränen füllten, weil Larrañaga ihm fast die Haare ausriß, ihn festhielt und nicht loslassen wollte.
»Fidaritz«, befahl der Schleicher. »Fidaritz, fidaratz. Dalli.«
Larrañaga begriff nicht, aber Fiori wies gebieterisch auf Kurchin, und da zog der Kleine so an dessen Haaren, daß Kurchin sich mehr und mehr nach vorn bükken mußte, die anderen stellten sich bereits auf, die Frauen gickerten und rafften ihre Röcke, Perrone vorneweg, gefolgt von Professor Iriarte, Moreira, der sich zierte, Caletti und dem Schwein Delucía, eine Reihe, die bis zum Ende des Salons reichte, Larrañaga, der Kurchin immer noch festhielt, ließ ihn unvermittelt los, als der Schleicher Fiori ein Zeichen gab und der befahl »Springen, ohne zu schlagen!« Perrone sprang als erster, und die ganze Riege folgte ihm, man sprang, indem man die Hände auf Kurchins Rücken stützte, der rund war wie der eines Schweinchens, sie sprangen der Reihe nach und riefen bei jedem Sprung über Kurchin »Fidaritz«, riefen »Fidaratz!«, danach formierte

sich die Reihe neu, machte im Salon die Runde und fing von vorne an, Nito, einer der letzten, sprang so leicht, wie er konnte, um Kurchin nicht zu Boden zu drücken, aber dann kam Macías und ließ sich auf ihn fallen wie ein Sack, und der Schleicher brüllte »Springen und schlagen!«, und die ganze Riege sprang von neuem über Kurchin, doch diesmal versuchten sie ihn dabei zu schlagen und zu treten, die Reihe hatte sich aufgelöst, alle umringten Kurchin, schlugen ihm mit der flachen Hand auf den Kopf, auf den Rücken, und auch Nito hatte die Hand erhoben, als er sah, wie Raguzzi Kurchin den ersten Tritt in den Hintern versetzte, worauf der sich krümmte und schrie, Perrone und Mutis traten ihm gegen die Beine, während die Frauen ihre Wut an Kurchins Schenkeln ausließen, der brüllte, sich aufrichten und fliehen wollte, aber Fiori trat zu ihm, packte ihn im Nacken und rief »Fidaritz, fidaratz, schlagt, schlagt!«, einige Hände ballten sich jetzt zu Fäusten, die Kurchin in die Seiten hieben und auf seinen Kopf niedersausten, er flehte um Gnade, ohne sich von Fiori befreien, sich der Fußtritte und Fausthiebe, die auf ihn niederhagelten, erwehren zu können. Als der Schleicher und die Señorita Maggi gleichzeitig einen Befehl schrien, ließ Fiori Kurchin los, der mit blutendem Mund auf die Seite sank, der Pedell Manolo kam angerannt, hob ihn auf wie einen Sack und schleppte ihn hinaus, während alle grimmig applaudierten und Fiori auf den Schleicher und die Señorita Maggi zuging, als wollte er sich mit ihnen beraten.

Nito hatte sich bis zum Rand des Kreises zurückgezogen, der sich nur langsam und widerwillig auflöste, als wollte man das Spiel weiterspielen oder ein anderes beginnen, da sah er, wie der Schleicher mit dem Finger auf den Professor Iriarte zeigte und wie Fiori zu ihm ging und mit ihm sprach, dann kam ein kurzer Befehl, und alle begannen sich im Karree aufzustellen, in Viererreihen, die Frauen hinten und Raguzzi als Anführer, der Nito einen zornigen Blick zuwarf, weil er so lange brauchte, sich irgendwo in der zweiten Reihe einzugliedern. All das habe ich genau sehen können, als der Pedell Fernando mich mit sich zog, nachdem er mich hinter der Tür entdeckt, sie aufgeschlossen und mich in den Raum geschubst hatte, ich konnte sehen, wie der Schleicher und die Señorita Maggi auf einem Sofa an der Wand Platz nahmen, wie die anderen sich dem von Fiori und Raguzzi angeführten Zug anschlossen, auch Nito, ganz blaß in der zweiten Reihe, und wie der Professor Iriarte sich an den Trupp wie an eine Klasse wandte, nachdem er den Schleicher und die Señorita Maggi in aller Form begrüßt hatte, und ich versuchte, so gut ich konnte, bei den Transvestiten unterzutauchen, die mich angrienten und miteinander tuschelten, bis der Professor Iriarte sich räusperte und Stille eintrat, eine Stille, die ich weiß nicht wie lange dauerte.

»Wir wollen nun den Dekalog aufsagen«, sagte der Professor Iriarte. »Erster Glaubenssatz.«

Ich fixierte Nito, als könnte der mir noch helfen, hatte die unsinnige Hoffnung, daß er mir einen Ausgang zeige, irgendeine Tür, durch die wir entwischen könnten, aber Nito schien meine Anwesenheit nicht zu bemerken, er blickte starr geradeaus wie alle, unbeweglich wie alle jetzt.

Monoton, fast Silbe für Silbe, rezitierte der Zug:
»Aus der Ordnung emaniert die Kraft und aus der Kraft die Ordnung.«
»Korollar«, befahl Iriarte.
»Gehorche, um zu befehlen, und befiehl, um zu gehorchen«, psalmodierte das Karree.
Es war unnütz zu hoffen, daß Nito sich umdrehe, ich glaube sogar gesehen zu haben, daß seine Lippen sich bewegten, so als sprächen sie das, was die anderen skandierten, nach. Ich lehnte mich an die Wand, die Holztäfelung knarrte, und einer der Transvestiten, ich glaube Moreira, sah mich erschrocken an. »Zweiter Glaubenssatz«, befahl Iriarte gerade, als ich merkte, daß das gar keine Holztäfelung war, sondern eine Tür, die langsam nachgab, wobei ich mich einem fast angenehmen Unbehagen hingab. »Oh, was ist mit dir, Schatz«, flüsterte Moreira, während das Karree einen Satz rezitierte, den ich schon nicht mehr mitkriegte, denn ich schlüpfte seitlich hinaus und schloß die Tür hinter mir, ich spürte den Druck der Hände Moreiras und Macías, die sie zu öffnen versuchten, und schob rasch den Riegel vor, der in dem Halbdunkel wunderbar blinkte, dann rannte ich durch die Galerie, um eine Ecke, durch zwei leere und dunkle Räume und am Ende einen weiteren Gang entlang, der direkt auf den Flur über dem Hof führte, genau dem Lehrerzimmer gegenüber. All das ist mir nur vage in Erinnerung, ich war nurmehr meine eigene Flucht, etwas, das im Dunkel rannte und versuchte, kein Geräusch zu machen, das auf den Fliesen schlitterte, bis es zur Marmortreppe kam, diese hinunterschoß, immer drei Stufen auf einmal nehmend, und, fast stürzend, sich zu den

Säulen des Peristyls getrieben fühlte, wo der Poncho lag, aber da waren auch die ausgestreckten Arme des Pedells Manolo, der mir den Weg versperrte. Wie ich schon sagte, ich kann mich an all das nicht mehr genau erinnern, vielleicht habe ich ihm meinen Kopf in den Magen gerammt oder ihm einen Tritt in den Bauch versetzt, der Poncho blieb an einer der Spitzen des Gitters hängen, trotzdem gelang es mir, hinüberzuklettern, auf dem Trottoir graute ein neuer Tag, schlurfte ein alter Mann dahin, das schmutzige Grau der Morgendämmerung und der Alte, der stehenblieb und mich mit Fischaugen anstarrte, den Mund zu einem Schrei geöffnet, der nicht herauskommen wollte.
Diesen ganzen Sonntag über habe ich mich nicht aus dem Haus bewegt, zum Glück kannte mich meine Familie und stellte mir niemand Fragen, die ich auch nicht beantwortet hätte, am Mittag rief ich bei Nito an, aber seine Mutter sagte mir, er sei nicht da, am Nachmittag erfuhr ich, daß er nach Hause gekommen, aber gleich wieder weggegangen sei, und als ich um zehn Uhr abends noch einmal anrief, sagte mir sein Bruder, er wisse nicht, wo Nito sei. Es wunderte mich, daß er nicht zu mir gekommen war, und als ich am Montag in die Schule kam, wunderte es mich noch mehr, ihn am Eingang anzutreffen, ihn, der alle Rekorde im Zuspätkommen schlug. Er unterhielt sich mit Delich, doch als er mich sah, ließ er ihn stehen, kam auf mich zu und gab mir die Hand, obgleich das ungewöhnlich war, es war ganz ungewöhnlich, daß wir uns mit Handschlag begrüßten. Aber was lag schon daran, wo alles nur so aus mir hervorsprudelte, in den fünf Minuten bis zum Läuten hatten wir uns so

viel zu sagen, und du, was hast du gemacht, wie bist du entwischt, mir hat sich der Pedell in den Weg gestellt, aber ich, ich habe ihm, ja, ich weiß, ich weiß, sagte Nito, kein Grund, dich so zu erregen, Toto, laß mich auch mal erzählen. Ja, aber ... Ja, klar, damit hat es seine Richtigkeit. Seine Richtigkeit, Nito, soll das ein Scherz sein oder was? Wir gehen sofort hinauf und zeigen den Schleicher an. Warte, warte, erreg dich nicht so, Toto.

Das ging so weiter, wie zwei Monologe, allmählich wurde mir klar, daß da etwas nicht stimmte, Nito schien ganz woanders zu sein, Moreira kam vorbei und grüßte mit einem Augenzwinkern, von fern kam das Schwein Delucía gerannt, Raguzzi in seiner Sportjacke, all die Scheißkerle kamen gleichzeitig mit unseren Freunden, mit Llanes und Alermi, die auch sagten, Wie geht's, hast du gesehen, wie River gewonnen hat, wie ich dir gesagt habe, und Nito sah mich an und wiederholte, nicht hier, jetzt nicht, Toto, wir reden darüber nach der Schule im Café. Da, sieh, Nito, sieh dir Kurchin an mit dem Verband um den Kopf, ich kann nicht länger schweigen, laß uns zusammen hinaufgehen, Nito, oder ich geh allein, ich schwör dir, ich gehe sofort hinauf. Nein, sagte Nito, und es war, als klänge eine andere Stimme in diesem knappen Nein, du gehst jetzt nicht hinauf, Toto, zuerst reden wir darüber.

Natürlich war er es, war es seine Stimme, aber ich hatte plötzlich den Eindruck, daß ich ihn nicht kannte. Er hatte nein zu mir gesagt, wie Fiori das hätte tun können, der jetzt pfeifend ankam, in Zivil natürlich, und mit einem überlegenen Lächeln grüßte, das ich an ihm nie gesehen habe. Mir war, als verdichtete sich da plötzlich alles, in dem Nein von Nito, in dem bei Fiori nicht vorstellbaren Lächeln; wieder war da der Schrecken dieser nächtlichen Flucht, dieser Treppen, mehr hinuntergestürzt als gegangen, die ausgestreckten Arme des Pedells Manolo, der da zwischen den Säulen stand.

»Und warum soll ich nicht hinaufgehen?« fragte ich unsinnigerweise. »Warum soll ich den Schleicher, Iriarte und die anderen nicht anzeigen?«

»Weil es zu gefährlich ist«, sagte Nito. »Hier können wir jetzt nicht reden, ich erklär's dir nachher im Café. Wie du weißt, bin ich länger geblieben als du.«

»Aber am Ende bist auch du geflohen«, sagte ich, wie aus einer Hoffnung heraus, seinen Blick suchend, als stünde er nicht hier vor mir.

»Nein, ich mußte nicht fliehen, Toto. Deshalb bitte ich dich, sag vorerst nichts.«

»Und warum soll ich auf dich hören?« schrie ich, und ich glaube, ich war nahe daran zu weinen, ihn zu schlagen, ihn zu umarmen.

»Weil das besser ist für dich«, sagte die andere Stimme Nitos. »Weil du nicht blöd bist, weil du dir sagen wirst, daß es dich teuer zu stehen kommt, wenn du den Mund aufmachst. Noch kannst du's nicht verstehen, aber wir müssen jetzt in die Klasse gehen, ich sag dir noch einmal, ein einziges Wort, und du wirst es dein Leben lang bereuen, solltest du am Leben bleiben.«

Natürlich machte er Scherze, denn wie konnte er mir so etwas sagen? Aber da war diese Stimme, die Art, wie er es mir sagte, diese Überzeugung und diese zusammengepreßten Lippen. Wie bei Raguzzi, wie bei

Fiori, diese Überzeugung und diese zusammengepreßten Lippen. Ich weiß nicht und ich werde nie erfahren, worüber die Professoren an diesem Tag gesprochen haben, die ganze Zeit über spürte ich Nitos Blicke in meinem Rücken. Und auch Nito folgte dem Unterricht nicht, was ging ihn das jetzt an, diese Dunstschleier, vom Schleicher und der Señorita Maggi produziert, damit das andere, das, worauf es wirklich ankam, nach und nach Wirklichkeit werde, so wie man für ihn nach und nach die Glaubenssätze des Dekalogs aufgesagt hatte, einen nach dem anderen, damit all das Wirklichkeit werde, was einmal aus dem Gehorsam dem Dekalog gegenüber erwachsen würde, aus der künftigen Befolgung des Dekalogs, all das, was er gelernt und versprochen und geschworen hatte in dieser Nacht und das einmal Wirklichkeit werden würde zum Wohl des Vaterlandes, wenn die Stunde käme und der Schleicher und die Señorita Maggi den Befehl dazu gäben.

Ich hatte eigentlich keinen besonderen Grund, mich an all das zu erinnern, und obwohl ich zeitweise gerne schrieb und einige Freunde meine Verse oder meine Erzählungen gut fanden, fragte ich mich doch manchmal, ob diese Kindheitserinnerungen es wert waren, aufgeschrieben zu werden, ob sie sich nicht der naiven Neigung verdankten, zu glauben, daß alles viel wirklicher würde, wenn ich es in Worte umsetzte, um es auf meine Weise festzuhalten, um es präsent zu haben wie die Krawatten im Schrank oder Felisas Körper in der Nacht, etwas, das man nicht noch einmal leben könnte, aber das dann gegenwärtiger wurde, so als eröffnete sich in der bloßen Erinnerung eine dritte Dimension, eine fast immer bittere, aber heiß ersehnte große Nähe. Nie habe ich so recht gewußt, warum, doch immer wieder kam ich auf diese Dinge zurück, die andere zu vergessen gelernt hatten, um sich im Leben nicht mit einer solchen Last an Zeit abzuschleppen. Ich war sicher, daß sich von allen meinen Freunden nur wenige an ihre Spielgefährten erinnerten, wie ich mich an Doro erinnerte, obgleich, als ich über Doro schrieb, fast nie er es war, der mich zu schreiben drängte, sondern anderes, etwas, bei dem Doro nur der Vorwand war für das Bild seiner älteren Schwester, das Bild von Sara zu jener Zeit, als Doro und ich im Patio spielten oder bei Doro im Wohnzimmer zeichneten.

So unzertrennlich waren wir gewesen damals im sechsten Schuljahr, mit zwölf oder dreizehn Jahren, daß es

mir nicht möglich war, mich von Doro getrennt zu fühlen, wenn ich über ihn schrieb, mich außerhalb des Blattes Papier zu sehen, während ich über Doro schrieb. Ihn sehen hieß zugleich, mich sehen als Aníbal zusammen mit Doro, und ich hätte mich an nichts bei Doro erinnern können, wenn ich nicht auch gefühlt hätte, daß Aníbal ebenfalls da war in dem Augenblick, es war Aníbal, der den Ball geschossen hatte, der eines Sommernachmittags eine Fensterscheibe in Doros Haus zerbrach, der Schreck und der Wunsch, sich zu verstecken oder alles abzustreiten, das Erscheinen Saras, die sie Banditen schimpfte und zum Spielen auf das freie Feld an der Ecke schickte. Und mit all dem wurde auch Bánfield gegenwärtig, klar, denn alles hatte sich dort abgespielt, weder Doro noch Aníbal hätten sich vorstellen können, in einem anderen Ort als Bánfield zu leben, wo die Häuser und die Brachfelder damals größer waren als die Welt.
Ein Dorf, Bánfield, mit seinen ungepflasterten Straßen und dem Bahnhof der Ferrocarril Sud, mit seinen Brachen, die im Sommer zur Stunde der Siesta von farbigen Heuschrecken brodelten, Bánfield, das sich nachts wie ängstlich um die wenigen Laternen an den Straßenecken scharte, dann und wann ein Pfiff der berittenen Wächter und die schwindelerregende Aureole der um die Lampen herumschwirrenden Insekten. Die Häuser von Doro und von Aníbal lagen so nah beieinander, daß die Straße für sie wie ein weiterer Korridor war, etwas, das sie am Tage oder nachts miteinander verband, auf dem Brachfeld, wo sie während der Siesta Fußball spielten, oder unter dem Licht der Laterne an der Ecke, wo sie zusahen, wie die Frösche und Krö-

ten herumhopsten, um die vom Umschwirren des gelben Lichts trunkenen, herabtorkelnden Insekten zu fressen. Und immer der Sommer, der Sommer der Ferien, die Freiheit des Spielens, die Zeit gehörte ihnen allein, ihnen, kein Stundenplan, keine Klingel, die einen in die Klasse zurückruft, der Geruch des Sommers in der warmen Luft der Nachmittage und der Nächte, auf ihren schweißigen Gesichtern, nachdem man gewonnen oder verloren hat, sich gebalgt hat oder herumgerannt war, gelacht und manchmal auch geweint hat, aber immer zusammen, immer frei, Herren ihrer Welt der Papierdrachen und Fußbälle, der Straßenekken und Gehsteige.

Von Sara blieben ihm nur wenige Bilder, aber jedes leuchtete wie ein Kirchenfenster zur Stunde, da die Sonne am höchsten steht, Blau- und Rot- und Grüntöne, die den Raum durchstrahlen, bis es weh tut, manchmal sah Aníbal vor allem ihr blondes Haar, das ihre Schultern umschmeichelte wie eine Liebkosung, die er gern auf seinem Gesicht gespürt hätte, manchmal ihre so weiße Haut, denn Sara ging fast nie in die Sonne, ganz in Anspruch genommen von den häuslichen Arbeiten, der kranken Mutter und Doro, der Abend für Abend in verschmutzter Kleidung nach Hause kam, die Knie zerschunden, die Schuhe schlammbeschmiert. Saras Alter hat er damals nie erfahren, er wußte nur, daß sie schon eine junge Dame war, eine junge Mutter für ihren Bruder, der noch mehr zum Kind wurde, wenn sie mit ihm sprach, wenn sie ihm mit der Hand übers Haar strich, bevor sie ihn wegschickte, etwas zu besorgen, oder wenn sie die beiden bat, im Patio nicht so zu schreien. Aníbal sagte ihr schüchtern guten Tag, wobei er ihr die Hand hinstreckte, und Sara drückte sie liebenswürdig, fast ohne ihn anzusehen, aber ihn akzeptierend als Doros andere Hälfte, wo er doch fast täglich kam, um zu lesen oder zu spielen. Um fünf rief sie beide, um ihnen Milchkaffee und Kekse zu geben, immer an dem Tischchen im Patio oder im dämmrigen Wohnzimmer; Aníbal hatte Doros Mutter nur zwei- oder dreimal gesehen, von ihrem Rollstuhl aus sagte sie sanftmütig ihr Hallo, Kinder, gebt acht auf die Autos, obgleich es in Bánfield nur ganz wenige Autos gab, und sie lächelten, völlig sicher, daß sie den Autos geschickt auszuweichen wußten, daß sie als Fußballspieler oder Wettläufer unverwundbar waren. Doro sprach nie von seiner Mutter, sie lag fast immer im Bett oder hörte im Salon Radio, das Haus war der Patio und Sara, manchmal ein Onkel auf Besuch, der sie fragte, was sie in der Schule lernten, und ihnen fünfzig Centavos schenkte. Und für Aníbal war immer Sommer, an die Winter konnte er sich kaum erinnern, sein Elternhaus wurde dann zu einem grauen und tristen Gefängnis, wo nur noch die Bücher zählten, die Familie mit ihren Angelegenheiten beschäftigt und alles streng geregelt, die Hühner, für die er zu sorgen hatte, die Krankheiten mit Schleimsuppe und Kräutertee und nur manchmal Doro, denn Doro mochte nicht lange in einem Haus bleiben, wo man sie nicht spielen ließ wie bei ihm zu Haus.

Während einer zweiwöchigen Bronchitis begann Aníbal Saras Abwesenheit zu spüren, und als Doro ihn besuchen kam, fragte er ihn nach ihr, und Doro antwortete obenhin, daß es ihr gut gehe, das einzige, was Doro interessierte, war, ob sie diese Woche wieder auf der Straße spielen könnten. Aníbal hätte gern mehr gehört von Sara, aber er traute sich nicht, viel zu fragen, Doro hätte es blöd gefunden, daß er sich für jemanden interessierte, der nicht spielte wie sie, der all dem, was sie taten und dachten, so fernstand. Als er wieder zu Doro gehen durfte, obgleich er noch etwas schwach war, gab Sara ihm die Hand und fragte ihn, wie es ihm gehe, er solle nicht Fußball spielen, um sich nicht zu überanstrengen, besser, sie zeichneten oder läsen im Wohnzimmer; ihre Stimme war ernst, sie sprach zu ihm, wie sie immer mit Doro sprach, liebevoll, aber distanziert, die ältere Schwester, stets achtsam und beinahe streng. Bevor Aníbal in dieser Nacht einschlief, spürte er, wie ihm etwas in die Augen stieg, wie das Kopfkissen für ihn Sara wurde, ein Verlangen, es fest zu umarmen und zu weinen, sein Gesicht an Sara gepreßt, in Saras Haar getaucht, sich wünschend, sie wäre da und brächte ihm seine Medizin, setzte sich ans Fußende des Bettes und sähe aufs Thermometer. Als seine Mutter am Morgen kam, um ihm mit etwas, das nach Alkohol und Menthol roch, die Brust einzureiben, schloß Aníbal die Augen, und es war Saras Hand, die ihm das Nachthemd hochzog, ihn sanft liebkoste, ihn heilte.

Wieder der Sommer, der Patio von Doros Haus, die Ferien mit den Abenteuerromanen und Spielzeugmodellen, mit der Briefmarkensammlung und den Zigarettenbildern mit Fußballspielern, die sie in ein Album klebten. An diesem Nachmittag sprachen sie von langen Hosen, schon bald würden sie welche tragen, denn wer würde schon in kurzen Hosen auf die höhere Schule gehen. Sara rief sie zum Kaffee, und Aníbal kam es so vor, als habe sie gehört, worüber sie gesprochen hatten, und als wäre auf ihren Lippen eine Spur von Lächeln, wahrscheinlich amüsierte es sie, die Jungen über diese Dinge reden zu hören, und sie machte sich etwas darüber lustig. Doro hatte ihm erzählt, daß sie schon einen Freund habe, einen Herrn, der sie jeden Samstag besuchen kam, doch den er noch nicht gesehen hatte. Aníbal stellte ihn sich als jemanden vor, der Sara Pralinen mitbrachte und sich im Wohnzimmer mit ihr unterhielt, so wie der Verlobte seiner Kusine Lola. In wenigen Tagen war er von seiner Bronchitis ganz genesen und konnte mit Doro und den anderen Freunden wieder auf dem freien Feld spielen. Aber nachts war es traurig und so schön zugleich, allein in seinem Zimmer sagte er sich vor dem Einschlafen, daß Sara nicht da war, daß sie nie zu ihm kommen würde, ob er nun gesund war oder krank, gerade zu dieser Stunde, wo er sie so nah fühlte, sie mit geschlossenen Augen ansah, ohne daß Doros Stimme oder das Geschrei der anderen Jungen sich mit dieser Gegenwart Saras vermischten, die allein für ihn da war, neben ihm, und das Weinen kam wieder wie ein Verlangen nach Hingabe, Doro zu sein in Saras Händen, zu spüren, wie Saras Haar seine Stirn streife, und zu hören, wie ihre Stimme ihm gute Nacht sage, während Sara ihm die Bettdecke hochzöge, bevor sie ginge.

Er traute sich, Doro wie beiläufig zu fragen, wer ihn denn pflegte, wenn er krank war, denn Doro hatte eine

Darmgrippe gehabt und fünf Tage im Bett gelegen. Er fragte ihn das, als wäre es ganz natürlich gewesen, daß Doro ihm sagte, seine Mutter habe ihn gepflegt, obwohl er wußte, daß es nicht sein konnte und daß also Sara, die Medizin und alles andere. Doro antwortete ihm, daß seine Schwester alles für ihn tat, wechselte dann das Thema und begann vom Kino zu reden. Aber Aníbal wollte mehr wissen, nämlich ob Sara ihn schon versorgt hatte, als er noch klein war, aber natürlich hatte sie ihn versorgt, denn seine Mama war seit acht Jahren fast invalide, und Sara kümmerte sich um sie beide. Aber dann, hat sie dich auch gebadet, als du klein warst? Klar, warum fragst du mich so dummes Zeug? Nur so, weil ich's wissen will, es muß komisch sein, eine große Schwester zu haben, die einen badet. Daran ist nichts komisch, Mann. Und als du als Kind krank wurdest, hat sie dich da gepflegt und dir alles gemacht? Na klar. Und du hast dich nicht geschämt, daß deine Schwester dich sah und dir alles machte? Nein, warum sollte ich mich schämen, ich war ja noch klein. Und heute? Heute ist es genauso, warum sollte ich mich schämen, wenn ich krank bin.

Warum auch, klar. Wenn er abends die Augen schloß, stellte er sich Sara vor, wie sie in sein Zimmer kommt und an sein Bett tritt, es war sein sehnlicher Wunsch, sie möge ihn fragen, wie er sich fühle, ihm die Hand auf die Stirn legen und dann die Bettdecke zurückschlagen, um nach der Wunde an der Wade zu sehen, ihm den Verband erneuern und ihn einen Dummkopf nennen, weil er sich an einer Glasscherbe verletzt hatte. Er fühlte, wie sie ihm das Nachthemd hochzog und ihn nackt betrachtete, seinen Bauch betastete, um festzustellen, ob er vielleicht eine Entzündung hatte, und ihn wieder zudeckte, damit er einschlafe. Das Kopfkissen umarmend, fühlte er sich plötzlich so allein, und als er die Augen öffnete in dem Zimmer, wo es keine Sara gab, war es wie eine Flut von Kummer und Wonne, denn niemand, niemand konnte von seiner Liebe wissen, nicht einmal Sara. Niemand konnte diese Qual verstehen und dieses Verlangen, für Sara zu sterben, sie vor einem Tiger oder aus einer Feuersbrunst zu retten und für sie zu sterben, damit sie ihm unter Tränen danke und ihn küsse. Und als seine Hände hinabfuhren und er sich zu streicheln begann, wie Doro, wie alle Jungen das taten, war es nicht Sara, die er sich da vorstellte, es war die Tochter des Lebensmittelhändlers oder seine Kusine Yolanda, das konnte mit Sara nicht gehen, die nachts kam, um ihn zu pflegen, so wie sie Doro pflegte, bei ihr war da nie etwas anderes als diese Wonne, sich vorzustellen, wie sie sich über ihn neigte und ihn liebkoste, und eben das war Liebe, obwohl Aníbal schon wußte, was auch Liebe sein konnte, und sie sich mit Yolanda vorstellte, all das, was er mit Yolanda oder mit der Tochter des Lebensmittelhändlers einmal machen würde.

Die Sache mit dem Graben passierte fast am Ende des Sommers, nach dem Spielen auf dem freien Feld hatten sie sich von der Clique getrennt, und auf einem Weg, den nur sie kannten und den sie den Sandokan-Weg nannten, drangen sie durch das dornige Gestrüpp, wo sie einmal einen am Baum aufgehängten Hund gesehen hatten und vor Schreck davongerannt waren. Sich die Hände zerkratzend, bahnten sie sich einen Pfad durchs größte Dickicht, wobei ihnen die herabhängenden Weidenzweige übers Gesicht fuhren, bis sie den Rand eines tiefen Grabens mit trübem Wasser erreichten, wo sie immer gehofft hatten, Gründlinge angeln zu können, doch nie etwas gefangen hatten. Sie setzten sich immer gern auf den Rand des Grabens und rauchten Zigaretten, die Doro mit Maisblättern drehte, wobei sie über die Abenteuerromane von Salgari sprachen und Reisen in ferne Länder planten und so was. Aber an diesem Tag hatten sie kein Glück, Aníbal blieb mit einem Schuh an einer Wurzel hängen und fiel vornüber, er klammerte sich an Doro, und beide rutschten die Böschung des Grabens hinunter und sanken bis zum Gürtel ein; es bestand keine Gefahr, aber ihnen schien es so, verzweifelt fuchtelten sie mit den Händen, bis sie den Zweig einer Weide zu packen kriegten und sich kletternd und fluchend nach oben zogen, das morastige Wasser troff ihnen aus Hemd und Hose und stank faulig, nach toter Ratte.

Fast ohne miteinander zu reden, gingen sie den Weg zurück und stahlen sich hinten durch den Garten in Doros Haus, in der Hoffnung, daß niemand im Patio wäre und sie sich heimlich waschen könnten. Sara hängte neben dem Hühnerstall Wäsche auf und sah sie kommen, Doro voller Angst und Aníbal hinter ihm, vor Scham vergehend, er wäre am liebsten gestorben, wünschte sich tausend Meilen weit weg in diesem Augenblick, wo Sara sie ansah und die Lippen zusammenkniff, in einem Schweigen, das sie beide starr dastehen ließ, lächerlich und verschämt in der Sonne des Patios.

»Das hat gerade noch gefehlt«, sagte Sara nur, zu Doro gewandt, aber es galt auch Aníbal, der die ersten Worte eines Bekenntnisses stotterte, es war seine Schuld, er war mit dem Fuß hängengeblieben, und da, Doro traf keine Schuld, daß es passiert war, lag daran, daß alles so glitschig war.

»Geht euch sofort baden«, sagte Sara, als hätte sie nicht gehört. »Zieht euch die Schuhe aus, bevor ihr hineingeht, und wascht hinterher eure Sachen im Waschtrog im Hühnerstall.«

Im Bad musterten sie sich gegenseitig, und Doro war der erste, der lachen mußte, aber es war kein überzeugtes Lachen, sie zogen sich aus und stellten die Dusche an, unter dem Wasser konnten sie dann richtig lachen, sich um die Seife kloppen, sich von oben bis unten betrachten und sich gegenseitig kitzeln. Ein Bach von bräunlichem Schlamm rann bis zum Abfluß und wurde langsam klarer, die Seife begann zu schäumen, sie hatten solchen Spaß, daß sie zuerst gar nicht merkten, daß die Tür aufgegangen war und Sara dastand und sie ansah, auf Doro zuging, ihm die Seife aus der Hand nahm und ihm den Rücken wusch, auf dem immer noch Spuren von Schlamm waren. Aníbal wußte nicht, was tun, in der Badewanne stehend, legte er die Hände auf den Bauch und drehte sich dann schnell um, damit Sara ihn nicht sähe, aber es war noch schlimmer nach dieser Dreivierteldrehung und bei dem Wasser, das ihm übers Gesicht lief, er wechselte erneut die Seite und kehrte Sara wieder den Rükken zu, bis sie ihm die Seife reichte mit einem Wasch dir auch die Ohren, da ist noch überall Schlamm.

Diese Nacht konnte er Sara nicht so sehen wie in den

anderen Nächten, obgleich er fest die Lider schloß, das einzige, was er sah, war Doro und sich selbst in der Badewanne, Sara, die hereinkam, sie von oben bis unten musterte und danach mit den schmutzigen Sachen in den Armen das Bad verließ, großmütig selber zum Waschtrog ging, um die Sachen zu waschen, und ihnen zurief, sie sollten sich in die Badetücher hüllen, bis alles trocken wäre, Sara, die ihnen den Milchkaffee gab, ohne etwas zu sagen, weder verärgert noch freundlich, die das Bügelbrett unter den Glyzinien aufstellte und nach und nach die Hosen und die Hemden trockenbügelte. Wieso hatte er es nicht fertiggebracht, ihr am Ende etwas zu sagen, als sie sie wegschickte, damit sie sich anzögen, nicht einmal danke, Sara, wie nett du bist, danke schön, Sara. Nicht einmal das hatte er herausbringen können, und Doro auch nicht, sie waren gegangen, sich anzuziehen, schweigend, und danach die Briefmarkensammlung und die Bilderserie mit den Flugzeugen, ohne daß Sara noch einmal kam, abends mußte sie immer ihre Mutter versorgen und das Abendessen machen, manchmal summte sie einen Tango beim Geklapper der Teller, dem Scheppern der Töpfe, war abwesend, wie jetzt unter den Lidern, die ihm nicht mehr nützten, sie kommen zu lassen, damit sie wisse, wie sehr er sie liebte, wie sehr er sich wünschte, wirklich zu sterben, nachdem er gesehen hatte, wie sie sie unter der Dusche betrachtete.

Das mußte in den letzten Ferien gewesen sein, bevor er aufs Technikum kam, ohne Doro, denn Doro sollte das Lehrerseminar besuchen, aber beide hatten einander versprochen, sich weiterhin jeden Tag zu sehen, auch wenn sie in verschiedene Schulen gingen, das machte ja nichts, da sie nachmittags wie immer zusammen spielen würden, sie wußten nicht, daß es nicht so sein würde, daß sie eines Tages im Februar oder März zum letzten Mal im Patio von Doros Haus spielen sollten, weil Aníbals Familie nach Buenos Aires übersiedelte und sie sich nur noch an den Wochenenden sehen konnten, sie waren voller Wut wegen dieser Veränderung, die sie nicht hinnehmen wollten wegen dieser Trennung, welche die Erwachsenen ihnen aufzwangen wie so vieles andere, ohne an sie zu denken, ohne sie überhaupt zu fragen.

Alles ging auf einmal sehr schnell, veränderte sich wie sie selbst mit den ersten langen Hosen, und als Doro ihm sagte, daß Sara Anfang März heiraten werde, sagte er das wie etwas Belangloses, und Aníbal machte nicht einmal eine Bemerkung darüber, es vergingen mehrere Tage, bis er sich traute, Doro zu fragen, ob Sara nach der Hochzeit bei ihnen wohnen bleiben werde, aber du spinnst wohl, wieso sollen sie hierbleiben, der Typ hat jede Menge Kohle, er nimmt sie mit nach Buenos Aires, hat noch ein Haus in Tandil, und ich bleibe bei Mama, Tante Faustina will kommen und sie pflegen.

An diesem letzten Samstag in den Ferien sah er den Bräutigam in seinem Auto kommen, blauer Anzug, dick und mit Brille, er stieg aus dem Wagen mit einem Päckchen vom Konditor und einem Strauß Lilien. Zu Haus riefen sie nach ihm, er solle anfangen, seine Sachen zu packen, der Umzug war am Montag, und er hatte noch nichts getan. Er wäre gern in Doros Haus gegangen, ohne zu wissen warum, einfach nur dort sein, aber seine Mutter bestand darauf, daß er seine Bücher, den Globus und die Insektensammlung einpacke. Man hatte ihm versprochen, er werde ein großes Zimmer für sich ganz allein mit Blick auf die Straße bekommen, man hatte ihm gesagt, er könne zu Fuß in die Schule gehen. Alles war neu, alles begann anders zu werden, alles nahm einen anderen Verlauf, und jetzt würde Sara mit dem Dicken im blauen Anzug im Wohnzimmer sitzen, Tee trinken und den Kuchen essen, den er mitgebracht hatte, so fern vom Patio, so fern von Doro und ihm, nie mehr würde Sara sie zum Milchkaffee unter den Glyzinien rufen.

Am Ende der ersten Woche in Buenos Aires (es stimmte, er hatte ein großes Zimmer für sich ganz allein, das Viertel war voller Geschäfte, und ganz in der Nähe gab es ein Kino) nahm er den Zug und fuhr zurück nach Bánfield, um Doro zu besuchen. Er lernte die Tante Faustina kennen, die ihnen nichts anbot, als sie im Patio zu spielen aufhörten, sie schlenderten im Viertel herum und Aníbal zögerte lange, Doro nach Sara zu fragen. Nun, sie hatten sich standesamtlich trauen lassen und waren bereits in dem Haus in Tandil, wo sie ihre Flitterwochen verbrachten, Sara würde alle vierzehn Tage kommen, um ihre Mutter zu besuchen. Und du, vermißt du sie nicht? Doch, aber was soll man da machen. Klar, jetzt ist sie verheiratet. Doro wurde durch etwas abgelenkt, wechselte das Thema, und Aníbal wußte nicht, wie er es anfangen sollte, daß Doro ihm weiter von Sara spreche, vielleicht ihn bitten, ihm von der Hochzeit zu erzählen, und Doro lachte, was weiß ich, wird gewesen sein wie

bei allen Hochzeiten, vom Standesamt ins Hotel und dann die Hochzeitsnacht, sie sind ins Bett gegangen und dann hat der Typ. Aníbal hörte ihm zu, während er die Fenstergitter und Balkons betrachtete, er wollte nicht, daß Doro sein Gesicht sehe, und Doro merkte das, anscheinend weißt du nicht, was in der Hochzeitsnacht geschieht. Du hältst mich wohl für blöd, natürlich weiß ich das. Mag sein, aber das erste Mal ist es anders, das hat mir Ramírez gesagt, er weiß das von seinem Bruder, der Rechtsanwalt ist und vergangenes Jahr geheiratet hat, der hat ihm alles erklärt. Auf dem Platz war eine leere Bank, Doro hatte Zigaretten gekauft, beide steckten sich eine an, und Doro erzählte weiter, Aníbal hörte begierig zu, zog den Rauch ein, der ihn schwindlig zu machen begann. Er brauchte die Augen nicht zu schließen, um vor dem Hintergrund des Blattwerks Saras Körper zu sehen, den er sich nie als Körper vorgestellt hatte, die Hochzeitsnacht vermittels der Worte von Ramírez' Bruder, vermittels der Stimme Doros, der weitererzählte.
An diesem Tag traute er sich nicht, ihn nach Saras Adresse in Buenos Aires zu fragen, er schob es auf bis zu einem weiteren Besuch, denn in diesem Augenblick schüchterte Doro ihn ein, doch zu dem weiteren Besuch sollte es nie kommen, die Schule begann, haufenweise Mathematikbücher, und dann waren da die neuen Freunde, Buenos Aires vereinnahmte Aníbal nach und nach, und so viele Kinos im Zentrum und der Fußballplatz von River und die ersten nächtlichen Bummel mit Beto, der ein echter Porteño war. Doro mußte es in La Plata ebenso gehen, immer wieder nahm Aníbal sich vor, ihm ein paar Zeilen zu schrei-

ben, denn Doro hatte kein Telefon, doch dann kam Beto, oder er mußte sich auf eine Übung vorbereiten, Monate gingen dahin, das erste Jahr, Ferien in Saladillo; von Sara blieben ihm nurmehr einzelne Bilder, ein Flash, wenn etwas an María oder Felisa ihn für einen Augenblick an Sara erinnerte. Eines Tages im zweiten Jahr, als er aus einem Traum erwachte, sah er sie ganz deutlich, und er verspürte einen bitteren, brennenden Schmerz; eigentlich war er gar nicht so in sie verliebt gewesen, schließlich war er damals noch ein Kind, und Sara hatte ihm nie Beachtung geschenkt wie jetzt Felisa oder die Blonde in der Apotheke, nie war sie auf einen Ball mit ihm gegangen wie seine Kusine Beba oder Felisa, um das Semesterende zu feiern, nie hatte sie sich übers Haar streicheln lassen wie María, nie war sie nach San Isidro tanzen gegangen und um Mitternacht mit ihm zwischen den Bäumen an der Küste verschwunden, Felisa hatte er unter Protest und Lachen auf den Mund geküßt, hatte sie gegen einen Baumstamm gedrückt und ihre Brüste gestreichelt, war mit der Hand hinabgefahren und hatte in dieser flüchtigen Wärme umhergetastet, und nach einem weiteren Ball und vielen Kinobesuchen hatte er hinten in Felisas Garten einen Schlupfwinkel gefunden und war mit ihr auf den Boden geglitten und hatte den salzigen Geschmack ihrer Lippen entdeckt, hatte sich suchen lassen von einer Hand, die ihn führte, natürlich hatte er ihr nicht gesagt, daß es das erste Mal war, daß er Angst gehabt hatte, er war schon im ersten Jahr auf der Ingenieurschule und hatte Felisa das nicht sagen können, und hinterher brauchte er es auch nicht mehr, denn man lernte alles ganz schnell bei Felisa und manchmal auch bei seiner Kusine Beba.

Nie mehr hörte er von Doro, und es war ihm egal, auch Beto hatte er vergessen, der jetzt in irgendeinem Provinznest Geschichtsunterricht gab, für jeden waren die Würfel gefallen, ohne Überraschung, Aníbal akzeptierte alles, ohne es ausdrücklich zu akzeptieren, etwas, das das Leben sein mußte, akzeptierte für ihn; ein Diplom, eine schwere Hepatitis, eine Reise nach Brasilien, ein wichtiges Projekt in einem Konstruktionsbüro mit zwei oder drei Kompagnons. Er verabschiedete sich nach Büroschluß gerade von einem von ihnen und wollte ein Bier trinken gehen, als er auf der anderen Straßenseite Sara kommen sah. Blitzartig erinnerte er sich, daß er die Nacht zuvor von ihr geträumt hatte und daß es immer der Patio in Doros Haus war, auch wenn dort nichts geschah, auch wenn Sara dort nur die Wäsche aufhängte oder sie zum Milchkaffee rief, und der Traum endete so, ohne richtig begonnen zu haben. Vielleicht weil nichts geschah, waren die Bilder von großer Schärfe in der Sommersonne von Bánfield, die im Traum nicht dieselbe war wie die von Buenos Aires; vielleicht eben deshalb oder in Ermanglung eines Besseren hatte er sich an Sara erinnert nach so vielen Jahren des Vergessens (doch es war kein Vergessen gewesen, sagte er sich trotzig), und sie jetzt auf der Straße kommen sehen, sie dort sehen, im weißen Kleid, dieselbe wie einst mit ihrem blonden Haar, das ihr bei jedem Schritt in einem Spiel goldenen Lichts die Schultern peitschte, so an die Bilder des Traums in einer Kontinuität anknüpfend, die ihn nicht

verwunderte, die etwas Zwangsläufiges und Vorhersehbares hatte, die Straße überqueren und vor ihr stehenbleiben, ihr sagen, wer er ist, und sie, die ihn erstaunt ansieht, ihn nicht wiedererkennt und plötzlich doch, plötzlich lächelt und ihm die Hand gibt, die seine freudig drückt und ihn weiter anlächelt.
»Nicht zu glauben«, sagte Sara. »Wie sollte ich dich nach so vielen Jahren wiedererkennen.«
»Sie konnten das natürlich nicht«, sagte Aníbal. »Ich aber habe Sie, wie Sie sehen, sofort wiedererkannt.«
»Logisch«, sagte Sara logischerweise. »Wo du damals nicht einmal lange Hosen getragen hast. Auch ich werde mich verändert haben, du bist eben der bessere Physiognom.«
Er zögerte einen Augenblick, bis ihm klar wurde, daß es blöd wäre, sie weiterhin zu siezen.
»Nein, du hast dich nicht verändert, nicht einmal die Frisur. Bist dieselbe geblieben.«
»Ein Physiognom, aber etwas kurzsichtig«, sagte sie mit der Stimme von früher, in der sich Gutherzigkeit mit Spott mischte.
Die Sonne schien ihnen ins Gesicht, man konnte sich bei dem Verkehr und den vielen Leuten nicht unterhalten. Sara sagte, sie habe es nicht eilig und würde gern in ein Café gehen. Sie rauchten die erste Zigarette, die allgemeinen Fragen und das Sichvortasten, Doro war Lehrer in Adrogué, ihre Mama war sanft wie ein Vöglein gestorben, als sie gerade Zeitung las, er hatte sich mit anderen jungen Ingenieuren zusammengetan, es ging ihnen gut, obgleich die Krise, klar. Bei der zweiten Zigarette stellte Aníbal wie beiläufig die Frage, die ihm auf den Lippen brannte.

»Und dein Mann?«
Sara stieß den Rauch durch die Nase aus, sah ihm langsam in die Augen.
»Er trinkt«, sagte sie.
Es lag darin weder Bitterkeit noch Mitleid, war eine reine Information, und dann wieder Sara in Bánfield, vor alledem, vor dem Weggang und dem Vergessen und dem Traum in der Nacht zuvor, genauso wie im Patio von Doros Haus, und sie nahm den zweiten Whisky an, fast ohne etwas zu sagen, wie immer, ließ ihn weiterreden, ließ ihn erzählen, weil er ihr viel mehr zu erzählen hatte als sie, die Jahre waren für ihn so reich an Ereignissen gewesen, sie dagegen schien nicht viel erlebt zu haben, und es war müßig zu sagen, warum. Vielleicht weil sie es ihm gerade mit einem einzigen Wort gesagt hatte.
Schwer zu sagen, in welchem Augenblick alles aufhörte schwierig zu sein, ein Frage- und Antwortspiel, Aníbal hatte die Hand auf die ihre gelegt, und Sara scheute deren Gewicht nicht, sie ließ sie dort sein, während er den Kopf senkte, weil er ihr nicht ins Gesicht sehen konnte, während er ihr hastig vom Patio sprach, von Doro, ihr von den Nächten in seinem Zimmer erzählte, dem Fieberthermometer, dem Weinen ins Kopfkissen. Er erzählte ihr all das mit sanfter und monotoner Stimme, häufte Augenblicke und Episoden an, aber alles mündete darin: ich war so in dich verliebt, Sara, ich war so verliebt und konnte es dir nicht sagen, du kamst nachts zu mir, um mich zu pflegen, du warst die junge Mutter, die ich nicht hatte, du hast mir das Fieber gemessen und mich gestreichelt, damit ich einschlafe, du hast uns im Patio den Milch-

kaffee gegeben, du erinnerst dich, du hast geschimpft, wenn wir Dummheiten machten, ich hätte es gern gehabt, wenn du von vielen Dingen nur zu mir gesprochen hättest, du aber blicktest mich von oben herab an, lächeltest mich von so fern an, eine riesige Glasscheibe war zwischen uns beiden, und du warst nicht imstande, sie zu zerschlagen, deshalb habe ich dich nachts gerufen, und du bist gekommen, um mich zu pflegen, um bei mir zu sein, mich zu lieben, wie ich dich liebte, du streicheltest mir übers Haar, machtest für mich all das, was du für Doro machtest, all das, was du immer für Doro gemacht hast, aber ich war nicht Doro, und das einzige Mal, Sara, das einzige Mal war schrecklich, nie werde ich es vergessen, ich hatte sterben wollen und konnte nicht oder wußte nicht wie, natürlich wollte ich nicht wirklich sterben, aber eben das war die Liebe, sterben wollen, weil du mich ganz nackt gesehen hattest, wie ein Kind, du warst ins Bad gekommen und hast mich betrachtet, der ich dich liebte, hast mich betrachtet, wie du immer Doro betrachtet hast, du warst schon verlobt, du wolltest heiraten, und ich stand nackt da, während du mir die Seife gabst und sagtest, ich solle mir auch die Ohren waschen, du hast mich nackt betrachtet wie ein Kind, das ich war, und du hast mich nicht beachtet, mich nicht einmal angesehen, denn du sahst nur ein Kind und bist weggegangen, als hättest du mich nie gesehen, als wäre ich gar nicht da gewesen, ich, der ich nicht wußte, wie mich bewegen, während du mich betrachtetest.

»Ich erinnere mich sehr gut«, sagte Sara. »Ich erinnere mich daran so gut wie du, Aníbal.«

»Ja, aber das ist nicht dasselbe.«
»Wer weiß, ob es nicht doch dasselbe ist. Du konntest es damals nicht merken, aber ich hatte gespürt, daß du mich auf diese Weise liebtest und darunter littest, und deshalb mußte ich dich genauso behandeln wie Doro. Du warst ein Kind, aber manchmal bedauerte ich es, daß du noch ein Kind warst, ich fand es irgendwie ungerecht. Wärst du fünf Jahre älter gewesen ... Ich will es gestehen, weil ich's jetzt kann und weil es richtig ist, daß ich's dir sage, ich bin absichtlich ins Bad gegangen an jenem Nachmittag, es war gar nicht nötig, nachzusehen, ob ihr euch wascht, ich bin hineingegangen, weil es eine Möglichkeit war, mit dieser Situation Schluß zu machen, dich von deinem Traum zu kurieren, damit dir klar würde, daß du mich nie so sehen könntest, während ich das Recht hatte, dich von allen Seiten zu betrachten, so wie man ein Kind betrachtet. Deshalb, Aníbal, damit du ein für allemal kuriert wärest und aufhörtest mich anzusehen, wie du mich ansahst, wobei du glaubtest, daß ich es nicht wüßte. Und jetzt noch einen Whisky, jetzt, wo wir beide erwachsen sind.«
Von diesem Abend bis in die tiefe Nacht – auf Wegen von Worten, die hin und her gingen, von Händen, die sich einen Augenblick lang auf dem Tischtuch trafen, bei einem Lachen und weiteren Zigaretten – würde eine Taxifahrt bleiben, irgendein Ort, den sie oder er kannte, ein Zimmer, alles wie verschmolzen zu einem einzigen Augenblicksbild, das sich auflöst im Weiß von Bettüchern und der fast sofortigen wilden Konvulsion der Körper in einer endlosen Begegnung, in abgebrochenen und wieder aufgenommenen und ver-

letzten und immer weniger glaubhaften Pausen, bei jeder neuen Implosion, die sie beide zerstörte und versinken ließ, sie verzehrte bis zur Betäubung, bis zur letzten Glut der Zigaretten im Morgengrauen. Als ich die Schreibtischlampe ausmachte und den Grund des leeren Glases betrachtete, war alles noch die reine Negation von neun Uhr abends, dieser Müdigkeit nach der Heimkehr von einem weiteren Arbeitstag. Warum weiterschreiben, wenn die Worte sich schon seit einer Stunde über diese Negation hinwegsetzten, sich auf dem Papier ausbreiteten als das, was sie waren, jedes Halts beraubtes bloßes Gekritzel? Bis zu einem gewissen Punkt waren sie auf der Wirklichkeit dahingestürmt, hatten sich mit Sonne und Sommer angefüllt, Patio-von-Bánfield-Worte, Doro-Worte, Spiele und Graben, schwirrender Bienenkorb eines treuen Gedächtnisses. Als dann aber die Zeit kam, die nicht mehr Sara, nicht mehr Bánfield war, war das Inventar alltäglich geworden, utilitäre Gegenwart ohne Erinnerungen und Träume, das pure Leben, nicht mehr und nicht weniger. Ich hatte fortfahren wollen, hatte mir gewünscht, daß auch die Worte einwilligten, fortzufahren bis zu unserem heutigen Alltag, zu einem der langen Arbeitstage im Ingenieursbüro, doch dann hatte ich mich an den Traum in der Nacht zuvor erinnert, an diesen erneuten Traum von Sara, an Saras Wiederauftauchen von so weither, und ich hatte dabei nicht in dieser Gegenwart bleiben können, wo ich wie üblich am Abend das Büro verlassen und im Café an der Ecke ein Bier trinken gehen würde, die Worte waren wieder von Leben erfüllt, und obgleich nichts wahr war, obgleich sie logen, war ich fortgefahren, sie zu schreiben, weil sie Sara nannten, Sara auf der Straße daherkommen ließen, wie schön, fortzufahren, obgleich es absurd war, zu schreiben, daß ich die Straße überquert hatte, mit Worten, die mir helfen würden, Sara zu begegnen und mich von ihr erkennen zu lassen, die einzige Möglichkeit, mich endlich mit ihr zu treffen und ihr die Wahrheit zu sagen, ihre Hand zu nehmen und sie zu küssen, ihre Stimme zu hören und zu sehen, wie ihr Haar ihre Schultern peitscht, mit ihr in eine Nacht zu gehen, welche die Worte mit Bettlaken und Liebkosungen anfüllen würden, aber wie jetzt fortfahren, wie nach dieser Nacht ein Leben mit Sara beginnen, wo ich dort nebenan Felisas Stimme hörte, die mit den Kindern hereinkam und mir sagte, daß das Abendessen fertig sei, daß wir sofort zu Tisch kommen sollten, weil es schon spät sei und die Kinder um zwanzig nach zehn im Fernsehen Donald Duck sehen wollten.

Abwarten, das sagten alle, man muß abwarten, denn in solchen Fällen weiß man nie, auch Doktor Raimondi sagte das, man muß abwarten, manchmal zeigt sich eine Reaktion, zumal in Mechas Alter, man muß abwarten, Señor Botto, ja, Doktor, aber es sind nun schon zwei Wochen und sie wacht nicht auf, seit zwei Wochen ist sie wie tot, Doktor, ich weiß, Señora Luisa, ein typischer komatöser Zustand, da kann man nichts weiter tun als warten. Auch Lauro wartete, jedesmal, wenn er aus der Fakultät zurückkam, verweilte er einen Augenblick auf der Straße, bevor er die Haustür öffnete, sagte sich, heute wird sie aufgewacht sein, wird die Augen geöffnet haben und mit Mama sprechen, es kann unmöglich so lange dauern, undenkbar, daß sie mit zwanzig Jahren stirbt, sicher sitzt sie aufrecht im Bett und spricht mit Mama. Doch man mußte weiter warten, keine Veränderung, mein Junge, der Doktor wird am Nachmittag wiederkommen, alle sagen, daß man nichts tun kann. Komm und iß etwas, mein Sohn, deine Mutter wird bei Mecha bleiben, du mußt dich stärken, vergiß nicht das Examen, wir können dann auch noch schnell die Tagesschau sehen. Alles ging schnell, ging vorüber, das einzige, was andauerte, das einzige, was unverändert blieb, war Mecha, das Gewicht von Mechas Körper auf diesem Bett, Mecha so schwach und leicht, die Rocktänzerin und Tennisspielerin, fertiggemacht und seit Wochen alle fertigmachend, ein komplexer viraler Krankheitsverlauf, komatöser Zustand, Señor Botto, unmöglich, eine

Prognose zu stellen, Señora Luisa, man kann sie nur stärken, ihr alle Chancen geben, in dem Alter hat man viel Kraft und einen starken Lebenswillen. Sie kann aber doch nicht mithelfen, Doktor, sie versteht ja nichts, ist wie, verzeih mir Gott, ich weiß nicht mehr, was ich sage.
Auch Lauro konnte es nicht ganz glauben, es war wie ein Streich von Mecha, die ihm immer die übelsten Streiche gespielt hatte: sie hatte ihn, als Gespenst verkleidet, auf der Treppe erschreckt, ihm einen Federwisch unten ins Bett gesteckt, worüber beide lange lachen mußten, jeder sann darauf, wie er den anderen hereinlegen konnte, sie benahmen sich, als wären sie immer noch Kinder. Ein komplexer viraler Krankheitsverlauf, das plötzliche Blackout eines Nachmittags nach dem Fieber und den Schmerzen, auf einmal Schweigen, die Haut aschgrau, der Atem leis und ruhig. Das einzig Ruhige bei all den Ärzten und Apparaten und Analysen und Beratungen, bis Mechas schlechter Scherz sich langsam durchsetzte und alle beherrschte, Stunde um Stunde, Doña Luisas Ausrufe der Verzweiflung, gefolgt von tiefer Beklemmung und stillem Weinen in der Küche und im Bad, das Räsonieren des Vaters, unterbrochen von den Nachrichten und einem Blick in die Zeitung, die Wut Lauros, der es nicht glauben wollte, diese Wut, die nur nachließ auf den Fahrten zur Fakultät, während der Vorlesungen und Zusammenkünfte, dieser Anflug von Hoffnung jedesmal, wenn er aus der Stadt zurückkehrte, das wirst du mir büßen, Mecha, so was tut man nicht, ich werd's dir heimzahlen, wirst schon sehen. Die einzige, die ruhig war, von der strickenden Krankenschwester

abgesehen – den Hund hatte man zu einem Onkel gebracht –, Doktor Raimondi kam nicht mehr mit den Kollegen, er schaute abends nur kurz herein, auch er schien das Gewicht von Mechas Körper zu spüren, das sie alle jeden Tag etwas mehr niederdrückte, sie ans Warten gewöhnte, das einzige was man tun konnte.

Das mit dem Alptraum begann an dem Nachmittag, als Doña Luisa das Thermometer nicht finden konnte und die Krankenschwester, ganz irritiert, in der Apotheke an der Ecke ein neues holen ging. Sie sprachen darüber, denn ein Thermometer, das man dreimal am Tag benutzt, geht nicht einfach verloren; sie hatten sich angewöhnt, an Mechas Bett laut zu sprechen, das Flüstern am Anfang war völlig unbegründet, weil Mecha nichts hören konnte, Doktor Raimondi war sich sicher, daß der komatöse Zustand sie jeder Sinneswahrnehmung beraubte, man konnte gleich was sagen, ohne daß sich an ihrem Ausdruck völliger Teilnahmslosigkeit etwas änderte. Sie sprachen immer noch über das Thermometer, als man Schüsse an der Ecke hörte, vielleicht auch weiter weg, in der Gegend von Gaona. Sie blickten einander an, die Krankenschwester zuckte die Achseln, denn Schüsse waren nichts Neues, weder in diesem Viertel noch anderswo, und Doña Luisa wollte gerade noch etwas bezüglich des Thermometers sagen, als sie sahen, wie ein Beben Mechas Hände durchlief. Es dauerte nur eine Sekunde, aber beide hatten sie es bemerkt, Doña Luisa stieß einen Schrei aus, und die Krankenschwester hielt ihr den Mund zu, Señor Botto kam aus dem Wohnzimmer gelaufen, und alle drei sahen, wie das Beben wiederkehrte und Mechas ganzen Körper durchlief, eine flinke Schlange, die vom Hals bis zu den Füßen glitt, ein Rollen der Augen unter den Lidern, ein leichtes, krampfartiges Zucken, das die Gesichtszüge veränderte, wie ein Drang zu sprechen, zu klagen, der Puls ging schneller, dann die langsame Rückkehr zur Reglosigkeit. Telefon, Raimondi, im Grunde nichts Neues, vielleicht etwas mehr Hoffnung, obgleich er das nicht sagen wollte, heilige Jungfrau Maria, möge es wahr sein, mach, daß mein Kind aufwacht und diese Qual, o Gott, ein Ende nimmt. Aber sie nahm kein Ende, das Beben begann eine Stunde später erneut, dann in kürzeren Abständen, es war, als träume Mecha und als sei ihr Traum quälend und unerträglich, ein Alptraum, der wieder und wieder kam, ohne daß sie ihn verscheuchen konnte, bei ihr bleiben und sie ansehen, zu ihr sprechen, ohne daß etwas von außen sie erreichte, heimgesucht von diesem anderen, das die Seelenqual aller, für die eine Kommunikation nicht möglich war, noch verlängerte, rette sie, o Gott, steh ihr bei, und Lauro, der von einer Vorlesung nach Hause kam und ebenfalls vor dem Bett verweilte, legte seiner betenden Mutter eine Hand auf die Schulter.

Am Abend wurde Mecha ein weiteres Mal untersucht, man brachte einen neuen Apparat mit Gummisaugnäpfen und Elektroden, die man am Kopf und an den Beinen ansetzte, zwei mit Raimondi befreundete Ärzte besprachen den Fall des langen im Wohnzimmer, man wird weiter warten müssen, Señor Botto, das Krank-

heitsbild hat sich nicht verändert, es wäre verfrüht, von Anzeichen einer positiven Entwicklung zu sprechen. Aber sie träumt doch, Doktor, sie hat Alpträume, Sie haben das selbst gesehen, gleich wird es wieder anfangen, etwas bedrängt sie, und sie leidet darunter, Doktor. Das ist rein vegetativ, Señora Luisa, sie ist nicht bei Bewußtsein, ich versichere Ihnen, man muß abwarten, darf sich dadurch nicht beeindrucken lassen, Ihre Tochter leidet nicht, ich weiß, es ist schmerzlich, es wird besser sein, Sie lassen sie mit der Krankenschwester allein, bis eine Wendung zum Besseren eintritt, versuchen Sie zu schlafen, Señora, nehmen Sie die Tabletten, die ich Ihnen gegeben habe.
Lauro wachte bei Mecha bis Mitternacht und las von Zeit zu Zeit seine Notizen für das Examen. Als die Sirenen ertönten, fiel ihm ein, daß er die Nummer, die Lucero ihm gegeben hatte, anrufen sollte, aber er durfte das nicht von zu Hause aus tun, und gleich nach dem Sirenengeheul konnte er nicht auf die Straße gehen. Er sah, wie sich langsam Mechas Finger der linken Hand regten, wieder schienen die Augen unter den Lidern zu rollen. Die Krankenschwester riet ihm, das Zimmer zu verlassen, man konnte nichts tun, nur warten. »Sie träumt aber doch«, sagte Lauro, »sie träumt schon wieder, sehen Sie nur.« Es dauerte so lange wie die Sirenen da draußen, die Hände schienen etwas zu suchen, die Finger mühten sich, auf dem Bettuch einen Halt zu finden. Da erschien Doña Luisa schon wieder, sie konnte nicht schlafen. »Warum nicht«, fragte die Krankenschwester fast barsch, ob sie denn die Tabletten von Doktor Raimondi nicht genommen habe. »Ich kann sie nicht finden«, sagte Doña Luisa hilflos, »sie

lagen auf dem Nachttisch, aber ich kann sie nicht finden.« Die Krankenschwester ging sie suchen, Lauro und seine Mutter blickten einander an, Mecha bewegte leicht die Finger, und beide spürten, daß der Alptraum andauerte, daß er endlos weiterging, als weigere er sich, den Punkt zu erreichen, wo so etwas wie Barmherzigkeit sie schließlich aufwecken würde wie alle anderen Menschen, um sie von dem Alp zu erlösen. Doch sie träumte weiter, immer wieder begannen ihre Finger sich zu bewegen. »Ich kann sie nirgends finden, Señora«, sagte die Krankenschwester. »Wir sind alle völlig durcheinander, ich frage mich, wohin das noch führen soll in diesem Haus.«

Am nächsten Abend kam Lauro sehr spät nach Hause, und Señor Botto fragte ihn fast beiläufig, wo er gewesen sei, ohne den Blick vom Fernseher zu wenden, mitten in der Reportage der Pokalspiele. »Ich war bei Freunden«, sagte Lauro und suchte nach etwas, um sich ein Sandwich zu machen. »Ein phantastisches Tor«, sagte Señor Botto, »wie schön, daß sie das Spiel übertragen, da kann man besser verfolgen, wie die die Treffer landen!« Lauro schien das Tor nicht zu interessieren, er aß und blickte dabei zu Boden. »Ich nehme an, du weißt, was du tust, Junge«, sagte Señor Botto, ohne den Ball aus den Augen zu lassen, »aber sei vorsichtig.« Lauro blickte auf und sah ihn fast erstaunt an, das erste Mal, daß sich sein Vater zu einer so persönlichen Bemerkung hinreißen ließ. »Mach dir keine Sorgen, Papa«, sagte er und stand auf, um ein Gespräch zu vermeiden.

Die Krankenschwester hatte die Nachttischlampe abgeblendet, und man konnte Mecha kaum erkennen. Doña Luisa auf dem Sofa nahm die Hände vom Gesicht, und Lauro gab ihr einen Kuß auf die Stirn.

»Es geht so weiter«, sagte Doña Luisa. »Die ganze Zeit geht das so, mein Junge. Da sieh, sieh doch bloß, wie ihr die Lippen zittern, der Armen, was mag sie nur sehen, o Gott, wie ist es möglich, daß das so weiter und weiter geht, daß das ... «

»Mama!«

»Aber das kann doch nicht sein, Lauro, niemand außer mir merkt, niemand begreift, daß sie die ganze Zeit einen Alptraum hat und nicht aufwacht ... «

»Ich weiß, Mama, auch ich merke das. Wenn man etwas tun könnte, hätte Raimondi es getan. Du kannst ihr nicht damit helfen, daß du hier bleibst, du solltest zu Bett gehen, nimm ein Beruhigungsmittel und versuch zu schlafen.«

Er half ihr aufzustehen und begleitete sie zur Tür. »Was war das, Lauro?« sie hielt jäh inne. »Nichts, Mama, ein paar Schüsse in der Ferne, du weißt ja.« Aber was wußte Doña Luisa schon, wozu mehr sagen. Jetzt ginge es, es war schon spät, nachdem er sie in ihr Schlafzimmer gebracht hätte, brauchte er nur in den Laden hinunterzugehen, um Lucero anzurufen.

Er konnte den blauen Anorak, den er abends gern anzog, nicht finden, er schaute in die Schränke auf dem Flur, ob seine Mutter ihn vielleicht dort hingehängt hatte, doch schließlich zog er sich eine der anderen Jacken an, denn es war kalt. Bevor er das Haus verließ, ging er für einen Augenblick in Mechas Zimmer, und noch ehe er sie in dem Halbdunkel erkannte, spürte er den Alp, das Zittern der Hände, den Inkubus unter der Haut. Draußen wieder die Sirenen, er würde erst später weggehen können, dann aber wäre der Laden geschlossen und er könnte nicht mehr telefonieren. Mechas Augen bewegten sich unter den Lidern, als wollten sie sich hindurchzwängen, ihn anblicken, auf seine Seite zurückkehren. Mit einem Finger streichelte er ihr die Stirn, er hatte Angst, sie zu berühren, sich durch einen äußeren Reiz an dem Alptraum mitschuldig zu machen. Die Augen kreisten weiter in ihren Höhlen, und Lauro zog sich zurück, er wußte nicht warum, aber er bekam immer mehr Angst, der Gedanke, Mecha könnte die Lider aufschlagen und ihn anblicken, ließ ihn zurückweichen. Sobald sein Vater schlafen gegangen wäre, könnte er, wenn er leise spräche, auch vom Wohnzimmer aus anrufen, aber Señor Botto hörte immer noch die Kommentare zum Fußballspiel. ›Ja, darüber wird viel geredet‹, dachte Lauro. Morgen würde er früh aufstehen und Lucero anrufen, bevor er in die Fakultät ginge. Er sah die Krankenschwester hinten aus ihrem Zimmer kommen mit etwas Glänzendem in der Hand, einer Injektionsspritze oder einem Löffel.

Selbst die Zeit geriet durcheinander oder ging verloren bei diesem ständigen Warten in schlaflosen Nächten oder bei Tage, da man versuchte, den Schlaf nachzuholen, zu gleich welcher Stunde kamen Verwandte oder Freunde und lösten sich darin ab, Doña Luisa zu unterhalten und auf andere Gedanken zu bringen oder mit Señor Botto Domino zu spielen, es kam eine neue Krankenschwester, weil die andere Buenos Aires für eine Woche hatte verlassen müssen, keiner fand die

Kaffeetassen, denn sie waren in allen Zimmern verstreut, Lauro kam, wann immer er konnte, und ging zu gleich welcher Zeit wieder weg, Raimondi klingelte schon nicht mehr, wenn er seinen routinemäßigen Krankenbesuch machte, keine Anzeichen für eine negative Entwicklung, Señor Botto, bei diesem Krankheitsverlauf kann man nicht mehr tun, als die Patientin zu stärken, ich werde die Dosis der Nährlösung erhöhen, ansonsten muß man abwarten. Aber sie träumt doch die ganze Zeit, Doktor, sehen Sie sie nur an, sie kommt kaum noch zur Ruhe. Aber nicht doch, Señora Luisa, Sie meinen, sie träumt, aber das sind rein physische Reaktionen, es ist schwer, Ihnen das zu erklären, denn in diesen Fällen sind andere Faktoren bestimmend, glauben Sie jedoch nicht, daß ihr das, was ein Traum zu sein scheint, bewußt ist, diese Vitalität, diese Reflexe sind ein gutes Zeichen, glauben Sie mir, daß ich sie genau beobachte, Sie sind es, die sich ausruhen muß, Señora Luisa, kommen Sie, ich messe Ihnen mal den Blutdruck.
Lauro fiel es von Mal zu Mal schwerer, nach Hause zurückzukehren, bei der langen Fahrt von der Stadtmitte aus und bei alldem, was in der Fakultät geschah, doch mehr seiner Mutter als Mechas wegen tauchte er irgendwann am Tage einmal auf und blieb eine Weile, hörte das Übliche, plauderte mit den Eltern, dachte sich Gesprächsthemen aus, um sie etwas abzulenken. Jedesmal, wenn er sich Mechas Bett näherte, spürte er erneut die Unmöglichkeit eines Kontaktes, Mecha so nah und wie ihn rufend, die vagen Zeichen ihrer Finger und dieser eingeschlossene Blick, der nach draußen zu dringen suchte, etwas, das weiter und weiter

ging, die geheime Mitteilung einer Gefangenen durch Wände aus Haut, ihr unerträglich unnützes Rufen. Für Augenblicke packte auch ihn die Hysterie, er war überzeugt, daß Mecha seine Anwesenheit deutlicher wahrnahm als die seiner Mutter oder der Krankenschwester, daß der Alptraum am schlimmsten wurde, wenn er da war und sie ansah, daß es besser sei, gleich wieder zu gehen, da er ja doch nichts tun konnte, daß es nutzlos sei, zu ihr zu sprechen, Mensch, hör auf, uns zu quälen, mach schon, öffne sofort die Augen und laß diesen billigen Scherz, Mecha, Schwesterchen, wie lange willst du uns noch zum besten halten, verdammtes Biest, dummes Ding, du, mach Schluß mit dieser Komödie, komm schon, ich hab dir so viel zu erzählen, Schwesterchen, du weißt nichts von dem, was im Gange ist, aber macht nichts, ich werd's dir erzählen, Mecha, weil du nichts verstehst, ich werd's dir erzählen. All das gedacht in Schüben von Angst, wobei er sich am liebsten an Mecha geklammert hätte, aber kein Wort kam über seine Lippen, weil die Krankenschwester oder Doña Luisa Mecha nie allein ließen, wo er ihr doch von so vielen Dingen sprechen mußte, wie Mecha vielleicht auch von ihrer Seite aus zu ihm sprach, mit den geschlossenen Augen und den Fingern, die sinnlos Buchstaben auf das Bettuch zeichneten.

Es war Donnerstag, es war ihnen zwar nicht bewußt, und es war ihnen auch egal, aber die Krankenschwester hatte es erwähnt, als sie in der Küche Kaffee tranken, Señor Botto erinnerte sich, daß es eine Sondermeldung gegeben hatte, und Doña Luisa, daß ihre

Schwester aus Rosario angerufen hatte, um ihr zu sagen, daß sie Donnerstag oder Freitag kommen werde. Sicherlich hatten die Prüfungen für Lauro schon begonnen, er war um acht weggegangen, ohne sich zu verabschieden, im Wohnzimmer hatte er einen Zettel für sie hinterlassen, er wisse nicht, ob er zum Abendessen zurück sei, sie sollten nicht auf ihn warten. Er kam nicht zum Abendessen, die Krankenschwester erreichte diesmal, daß Doña Luisa früh zu Bett ging, Señor Botto hatte nach dem Fernsehquiz zum Wohnzimmerfenster hinausgesehen, von der Plaza Irlanda her war Maschinengewehrfeuer zu hören, und dann wurde es plötzlich still, fast zu still, nicht einmal ein Streifenwagen, besser schlafen gehen, diese Frau, die alle Quizfragen beantwortet hatte, war ein Phänomen, wie die sich in der Geschichte des Altertums auskannte, fast so, als hätte sie zur Zeit Julius Cäsars gelebt, Bildung ist am Ende doch einträglicher als sein Beruf eines amtlich bestellten Auktionators. Niemandem war aufgefallen, daß während der ganzen Nacht die Haustür nicht geöffnet worden war, daß Lauro nicht in sein Zimmer zurückgekehrt war, am Morgen dachten sie, daß er nach irgendeinem Examen noch schlafe oder schon vor dem Frühstück arbeite, erst um zehn wurde ihnen klar, daß er nicht da war. »Mach dir keine Sorgen«, sagte Señor Botto, »sicher ist er bei Freunden geblieben, um irgend etwas zu feiern.« Für Doña Luisa war es Zeit, der Krankenschwester zu helfen, Mecha zu waschen und umzuziehen, lauwarmes Wasser und Kölnischwasser, Watte und Bettücher, schon Mittag und Lauro immer noch nicht da, das ist sonderbar, Eduardo, warum hat er nicht wenigstens angerufen, das ist gar nicht seine Art, bei der Feier zu Semesterschluß hat er um neun angerufen, erinnerst du dich, er befürchtete, wir würden uns Sorgen machen, obwohl er da noch jünger war. »Der Junge wird ganz durchgedreht sein wegen des Examens«, sagte Señor Botto, »wirst sehen, er wird jeden Augenblick kommen, zu den Ein-Uhr-Nachrichten ist er immer da.« Aber Lauro war auch um eins nicht da, er versäumte so die Sportnachrichten und die Sondermeldung von einem neuen Attentat subversiver Elemente, das dank dem raschen Eingreifen der Polizeikräfte vereitelt werden konnte, nichts Neues, allmählich sinkende Temperaturen, Niederschläge im Andengebiet.

Es war nach sieben, als die Krankenschwester kam, um Doña Luisa zu holen, die immer noch mit Bekannten telefonierte, Señor Botto erwartete den Anruf eines befreundeten Kommissars, um zu hören, ob man etwas in Erfahrung gebracht hätte, alle paar Minuten bat er Doña Luisa, die Leitung freizugeben, aber sie suchte weiter in ihrem Adressenbüchlein und rief überall an, womöglich war Lauro bei Onkel Fernando geblieben oder zu einem weiteren Examen bereits wieder in der Fakultät. »Bitte, laß das Telefonieren«, bat Señor Botto sie erneut, »ist dir nicht klar, daß der Junge vielleicht gerade jetzt anruft und die ganze Zeit besetzt ist, was soll er da in einer Telefonzelle machen; sollte der Apparat nicht gerade kaputt sein, muß er den nächsten dran lassen.« Die Krankenschwester drängte, und Doña Luisa ging zu Mecha, die ganz plötzlich begonnen hatte, den Kopf zu bewegen, immer wieder drehte sie ihn langsam von einer Seite zur anderen, man mußte ihr das Haar aus der Stirn streichen. Sofort Doktor Raimondi benachrichtigen, doch schwierig, ihn am Abend zu erreichen, immerhin rief um neun seine Frau an und sagte, daß er sofort komme. »Er wird es schwer haben, durchzukommen«, sagte die Krankenschwester, die mit einer Schachtel Ampullen aus der Apotheke zurückkam, »man hat das ganze Viertel abgesperrt, keiner weiß warum, hören Sie nur die Sirenen.« Ohne sich von Mecha abzuwenden, die immer noch den Kopf bewegte, als würde sie langsam, aber hartnäckig etwas verneinen, rief Doña Luisa nach Señor Botto, nein, niemand wußte etwas, wahrscheinlich konnte der Junge auch nicht durchkommen, aber Doktor Raimondi mit seinem Arztschild würden sie ja wohl durchlassen.

»Nein, nein, Eduardo, das ist es nicht, sicher ist ihm etwas zugestoßen, ganz unverständlich, daß wir zu dieser Stunde immer noch nichts von ihm gehört haben, Lauro hat immer...«

»Da, sieh nur, Luisa«, sagte Señor Botto, »sieh doch nur, wie sie die Hand bewegt, und auch den Arm, das erste Mal, daß sie den Arm bewegt, Luisa, vielleicht...«

»Aber das ist schlimmer als vorher, Eduardo, merkst du nicht, daß sie immer noch Halluzinationen hat, es ist, als wehre sie sich gegen etwas ... Tu was, Rosa, hilf ihr, ich werde die Romeros anrufen, vielleicht wissen die etwas, ihre Tochter hat zusammen mit Lauro studiert, bitte geben Sie ihr eine Spritze, Rosa, ich bin gleich zurück, oder besser ruf du an, Eduardo, frag sie nach ihm, mach schnell.«

Im Wohnzimmer begann Señor Botto zu wählen, hielt dann aber inne und legte den Hörer wieder auf. Womöglich wollte Lauro gerade, was konnten die Romeros von Lauro schon wissen, besser noch etwas warten. Raimondi kam nicht, wahrscheinlich haben sie ihn an der Ecke nicht durchgelassen, machen ihm Schwierigkeiten, Rosa konnte Mecha nicht noch eine Spritze geben, das Beruhigungsmittel war zu stark, besser warten, bis der Doktor kommt. Über Mecha gebeugt, ihr das Haar zur Seite streichend, das ihr über die nutzlosen Augen fiel, begann Doña Luisa zu schwanken, Rosa hatte gerade noch Zeit, ihr einen Stuhl hinzuschieben, ihr zu helfen, sich zu setzen. Das Sirenengeheul aus der Richtung Goana schwoll an, als Mecha die Lider aufschlug, der Blick, von dem Schleier bedeckt, der sich in diesen Wochen auf ihre Augen gelegt hatte, richtete sich auf einen Punkt an der Decke und glitt dann langsam ab bis zu Doña Luisas Gesicht, die aufschrie, die Hände gegen den Busen preßte und schrie. Rosa hatte Mühe, sie von Mecha fernzuhalten, und rief verzweifelt nach Señor Botto, der sofort kam und am Fußende des Bettes stehenblieb, Mecha anblickte, sich ganz auf Mechas Augen konzentrierte, die langsam von Doña Luisa zu Señor Botto wanderten, von der Krankenschwester zur Zimmerdecke, Mechas Hände glitten langsam die Taille hoch und trafen sich über dem Kopf, der ganze Körper zuckte in einem Krampf zusammen, womöglich vernahm sie jetzt das anschwellende Sirenengeheul, die Schläge gegen die Tür, die das Haus erzittern ließen, die gebrüllten Befehle, das Krachen des unter der Maschinengewehrgarbe splitternden Holzes, das

Schreien von Doña Luisa, den Lärm des hereinstürmenden Trupps, alles wie rechtzeitig zu Mechas Erwachen, alles so rechtzeitig, damit der Alptraum enden und Mecha endlich in die Wirklichkeit, in das schöne Leben zurückkehren konnte.

2. Februar 1982

Manchmal, wenn ich gleichsam das Kribbeln einer Erzählung verspüre, diese geheime, immer dringlichere Aufforderung, die mich dazu bringt, mich zögernd und murrend an meine Olympia Traveller de Luxe zu setzen

> (von Luxus hat sie nichts, die arme, aber dafür ist sie über die sieben tiefen und blauen Meere *getravelled* und hat so manchen direkten oder indirekten Stoß überstanden, den einc Reiseschreibmaschine bekommen kann, die in einem Koffer zwischen Hosen, Flaschen Rum und Büchern verstaut ist)

also manchmal, wenn es Nacht wird, wenn ich ein weißes Blatt einspanne, mir eine Gitane anzünde und mich einen Idioten schimpfe

> (warum schließlich eine Erzählung schreiben, warum nicht lieber das Buch eines anderen Erzählers aufschlagen oder eine meiner Platten hören?)

manchmal, wenn ich nicht mehr anders kann, als eine Erzählung zu beginnen, wie ich diese beginnen möchte, eben dann möchte ich Adolfo Bioy Casares sein.

Ich möchte Bioy sein, weil ich ihn als Schriftsteller immer bewundert und als Menschen geschätzt habe, obgleich unsere beidseitige Schüchternheit es uns nicht erleichtert hat, Freunde zu werden, abgesehen von anderen gewichtigen Gründen, vor allem dem schon früh buchstäblich zwischen uns liegenden Ozean. Rechne ich richtig, haben Bioy und ich uns in diesem Leben wohl nur dreimal gesehen. Das erste Mal auf einem Bankett der *Cámara Argentina del Libro*, bei dem ich anwesend sein mußte, weil ich in den vierziger Jahren Geschäftsführer dieser Vereinigung war, und er wer weiß warum, und wo wir uns über eine Schüssel Ravioli hinweg gegenseitig vorstellten, uns voller Sympathie anlächelten, während unsere Konversation sich darauf beschränkte, daß er mich einmal bat, ihm den Salzstreuer zu reichen. Das zweite Mal sahen wir uns, als Bioy mich in Paris aufsuchte und einige Fotos von mir machte, zu welchem Zweck, habe ich vergessen, nicht jedoch, daß wir uns des längeren über Joseph Conrad, glaube ich, unterhielten. Das letzte Mal war wieder in Buenos Aires, als ich ihn meinerseits besuchte, und an dem Abend haben wir vor allem über Vampire gesprochen. Natürlich haben wir bei keiner dieser drei Gelegenheiten über Anabel gesprochen, aber nicht deshalb möchte ich jetzt Bioy sein, sondern weil ich sehr gern über Anabel schreiben möchte, wie er es getan hätte, wenn er sie gekannt und eine Erzählung über sie geschrieben hätte. In diesem Fall hätte Bioy so von Anabel gesprochen, wie mir das immer unmöglich sein wird, er hätte sie von nahem gezeigt, ihr tiefstes Inneres, und zugleich hätte er diese kühle Distanz gewahrt, die er bewußt (denn ich kann mir nicht vorstellen, daß er es nicht bewußt tut) zwischen einigen seiner Personen und dem Erzähler schafft. Mir wird das unmöglich sein, und nicht etwa deshalb, weil ich Anabel gekannt habe, denn auch wenn ich meine

Personen erfinde, gelingt es mir nicht, Distanz zu ihnen zu halten, obgleich mir das manchmal geradeso notwendig erscheint wie einem Maler, vor seiner Staffelei zurückzutreten, um das Bild in der Totale zu sehen und zu prüfen, wo er die letzten Pinselstriche anbringen muß. Mir wird das unmöglich sein, denn ich spüre, daß Anabel mich sofort in Beschlag nehmen wird, geradeso wie damals, als ich sie Ende der vierziger Jahre in Buenos Aires kennenlernte, und obgleich sie nicht imstande wäre, sich diese Erzählung vorzustellen – sollte sie noch leben, noch dort wohnen, so alt wie ich –, wird sie doch ihr möglichstes tun, mich daran zu hindern, diese Geschichte zu schreiben, wie ich's gern getan hätte, nämlich ein wenig so, wie Bioy sie zu schreiben verstanden hätte, hätte er Anabel gekannt.

3. Februar

Deswegen diese ausweichenden Bemerkungen, dieses Kreisen des Hundes um den Baumstamm? Könnte Bioy dies lesen, würde er sich höchlich amüsieren, und nur um mich zu ärgern, würde er in einem literarischen Zitat die Bezüge zur Zeit, zum Ort und zum Namen herstellen, die diese Bemerkungen in seinen Augen rechtfertigen könnten. In seinem perfekten Englisch würde er rezitieren:

It was many and many years ago,
In a Kingdom by the sea,
That a maiden there lived whom you may know
By the name of Annabel Lee.

Gut, hätte ich ihm geantwortet, aber erstens war es zu der Zeit eine Republik und kein Königreich und zweitens schrieb Anabel ihren Namen nur mit einem n, ganz abgesehen davon, daß sie *many and many years ago* keine *maiden* mehr war, woran nicht Edgar Allen Poe schuld ist, sondern ein Handlungsreisender aus Trenque Lauquen, der sie im Alter von dreizehn Jahren deflorierte. Zudem hieß sie Flores und nicht Lee und sie hätte entjungfert gesagt statt des anderen Wortes, das ihr wahrscheinlich völlig fremd war.

4. Februar

Merkwürdig, daß ich gestern nicht weiterschreiben konnte (ich meine die Geschichte mit dem Handlungsreisenden), vielleicht gerade weil ich die Versuchung spürte, es zu tun, und auf einmal Anabel da war, ihre Art, es mir zu erzählen. Wie von Anabel sprechen, ohne sie nachzuahmen, das heißt, ohne sie zu verfälschen? Ich weiß, daß es illusorisch ist und daß ich mich, wenn ich mich darauf einlasse, ihrem Gesetz werde beugen müssen, da mir die notwendige Beinarbeit und die Überlegenheit von Bioy fehlt, um Abstand zu halten und Punkte zu machen, ohne mich zu sehr zu exponieren. Deshalb spiele ich unsinnigerweise mit dem Gedanken, all das zu schreiben, was nicht wirklich die Erzählung ausmacht (all das, was natürlich nicht Anabel wäre), und deshalb das Luxurieren mit Poe und diese Umschweife und jetzt auch noch das Verlangen, diesen Text von Jacques Derrida zu übersetzen, den ich gestern in *La vérité en peinture* gefunden habe und der mit all dem absolut nichts zu tun hat, aber der sich in einer unerklärlichen analogischen Weise doch darauf bezieht, wie diese Halbedelsteine, deren Facetten deutlich erkennbare Landschaften, Schlösser, Städte oder Berge zeigen. Der Abschnitt ist schwer zu verstehen, wie oft *chez* Derrida, und ich übersetze ein wenig so, wie mir der Schnabel gewachsen ist (aber auch er schreibt so, nur scheint ihm der Schnabel besser gewachsen):

»es bleibt (mir) fast nichts: weder die Sache noch ihre Existenz, noch die meine, weder das reine Objekt noch das reine Subjekt, keinerlei Interesse irgendeiner Art für irgend etwas. Und dennoch liebe ich: nein, das ist noch zuviel, das hieße, daß mir noch an der Existenz gelegen wäre. Ich liebe nicht, aber ich habe Freude an dem, was mich nicht interessiert, zumindest daran, daß es gleichgültig ist, ob ich liebe oder nicht liebe. Diese Freude, die ich habe, ich habe sie nicht, eher spende ich sie, ich spende, was ich habe, mir wird zuteil, was ich spende, ich habe nicht, was mir zuteil wird. Und dennoch bereite ich mir Freude. Kann ich sagen, daß ich sie mir bereite? Sie ist so allgemein objektiv – meinem Urteil und dem gesunden Menschenverstand nach –, daß sie nur rein von außen kommen kann. Unassimilierbar. Diese Freude, die ich mir bereite oder der ich mich vielmehr hingebe, durch die ich mich hingebe, ich erfahre sie letzten Endes nicht einmal, wenn erfahren empfinden heißt: phänomenal, empirisch, im Raum und in der Zeit meiner interessierten oder interessanten Existenz. Eine Freude, deren Erfahrung unmöglich ist. Ich habe sie nicht, sie wird mir nicht zuteil, ich spende sie nicht, ich bereite sie nicht, ich bereite sie mir nie, denn *ich* (ich, das existierende

Subjekt) habe nie Zugang zum Schönen als solchem. Insofern ich existiere, habe ich nie reine Freude.«

Derrida spricht von jemandem, der sich einer Sache gegenüber befindet, die er schön findet, und alles ergibt sich daraus; ich stehe einem Nichts gegenüber, das diese ungeschriebene Erzählung ist, eine Leere von Erzählung, ein Sog von Erzählung, und auf eine mir unerklärliche Weise spüre ich, daß das Anabel ist. Ich will damit sagen, daß es Anabel gibt, obgleich es keine Erzählung gibt. Und eben darin liegt die Freude, auch wenn es keine Freude ist und eher einem Verlangen nach Salz ähnelt, dem Wunsch, auf alles Schreiben zu verzichten, während ich schreibe (unter anderem, weil ich nicht Bioy bin und es nie dahin bringen werde, so von Anabel zu sprechen, wie ich das, meine ich, tun müßte).

Am Abend

Ich lese die Passage von Derrida noch einmal und stelle fest, daß sie mit meiner Gemütsverfassung oder gar mit meinen Intentionen nichts zu tun hat; die Analogie ist anderer Art, sie mag bestehen zwischen dem Schönheitsbegriff, den diese Passage postuliert, und meinem Gefühl für Anabel; in beiden Fällen gibt es eine Verweigerung jedes Zugangs, jedes Brückenschlags, und wenn derjenige, der in dieser Passage von Derrida spricht, nie Zugang zum Schönen als solchem hat, ist mir, der ich in meinem Namen spreche (ein Fehler, den Bioy nie begangen hätte), schmerzlich bewußt, daß ich zu Anabel als Anabel nie Zugang gehabt habe noch je haben werde und daß es unmöglich ist, eine Geschichte über sie, eine Geschichte gewissermaßen *von* ihr zu schreiben. Und so beginne ich am Ende der Analogie wieder, deren Anfang zu sehen, den Anfang der Passage von Derrida, die ich gestern abend gelesen habe und die ich als unerträgliche Verlängerung dessen empfand, was ich hier vor meiner Olympia, angesichts der Abwesenheit der Erzählung, bei der Sehnsucht nach der Effektivität Bioys fühlte. Gerade beim Anfang: »Es bleibt (mir) fast nichts: weder die Sache noch ihre Existenz, noch die meine, weder das reine Objekt noch das reine Subjekt, keinerlei Interesse irgendeiner Art für irgend etwas.« Der gleiche verzweifelte Kampf gegen ein Nichts, das sich in einer Reihe von Sub-Nichts, von Verweigerungen des Diskurses entfaltet: denn heute, nach so vielen Jahren, bleibt mir weder Anabel noch die Existenz Anabels, weder meine Existenz in Beziehung zu der ihren noch das reine Objekt Anabel, weder mein bloßes Ich von damals gegenüber Anabel in dem Zimmer der Calle Reconquista noch irgendein Interesse irgendeiner Art für irgend etwas, da all das geschah *many and many years ago*, in einem Land, das heute mein Phantom ist, oder ich seines, in einer Zeit, die heute wie die Asche all dieser Gitanes ist, die sich Tag für Tag anhäuft, bis Madam Perrin kommt, das Appartement sauberzumachen.

6. Februar

Dieses Foto von Anabel, als Lesezeichen ausgerechnet in einen Roman von Onetti gelegt, das dank dem Gesetz der Schwerkraft wieder zum Vorschein kam: bei einem Umzug vor zwei Jahren nahm ich einen Armvoll Bücher aus dem Regal, und das Foto fiel heraus. Ich brauchte eine Weile, um Anabel wiederzuerkennen.

Ich glaube, es ist ihr ziemlich ähnlich, obgleich mir die Frisur seltsam vorkommt, denn als sie das erste Mal in mein Büro kam, trug sie das Haar hochgesteckt; ich erinnere mich, daß ich gerade bis über die Ohren in der Übersetzungsarbeit einer Patentschrift steckte. Von all den Aufträgen, die ich annehmen mußte, und sofern es sich um Übersetzungen handelte, mußte ich alle annehmen, waren die schlimmsten die Patente, es kostete mich viele Stunden, um die detaillierte Beschreibung der Verbesserung einer elektrischen Nähmaschine oder einer Schiffsturbine zu übersetzen, und natürlich verstand ich absolut nichts von den Erläuterungen und fast nichts von dem technischen Vokabular, so daß ich mich Wort für Wort voranarbeiten und zudem aufpassen mußte, daß ich keine Zeile übersprang, ohne die geringste Ahnung zu haben, was ein *arbre hélicoidal hydro-vibrant* sein mochte, der magnetisch auf die Tensoren 1,1'und 1" (Zeichnung 14) reagierte. Anabel mußte an die Tür geklopft haben, ohne daß ich's gehört hatte, denn als ich aufblickte, stand sie schon neben meinem Schreibtisch, und was mir als erstes auffiel, war ihre Handtasche aus glänzendem Wachstuch und ihre Schuhe, die nicht zu vereinbaren waren mit einem Werktag in Buenos Aires um elf Uhr morgens.

Am Nachmittag

Bin ich nun dabei die Erzählung zu schreiben, oder münden diese Präliminarien ins Nichts? Ein sehr alter, verworrener Strang aus vielen Fäden, ich kann an gleich welchem ziehen, und weiß doch nicht, wie es weitergehen wird; der Faden von heute morgen verhieß Chronologie: Anabels erster Besuch. Diesen

Fäden folgen oder nicht folgen? Das Konsekutive langweilt mich, aber ich mag auch nicht diese unmotivierten *flash-backs*, die so viele Romane und Filme komplizieren. Wenn sie von selbst kommen, einverstanden; wer weiß schon, was die Zeit in Wirklichkeit ist; aber sie nie zur Methode machen. Von Anabels Foto hätte ich erst nach Erwähnung anderer Dinge sprechen sollen, die ihm mehr Bedeutung gegeben hätten, obgleich es sich vielleicht nicht ohne Grund so ergeben hat, so wie ich mich jetzt an den Zettel erinnere, den ich eines Nachmittags an die Tür meines Büros gepinnt fand; wir kannten uns schon gut, Anabel und ich, und obgleich mich die Notiz vor respektablen Kunden in Mißkredit bringen konnte, machte es mir riesiges Vergnügen, zu lesen: DU BIST NICHT DA, DU SCHUFT, ICH KOMME AM NACHMITTAG WIEDER (die Kommas habe ich hinzugefügt, ich sollte das nicht tun, aber das macht die Erziehung). Sie ist dann aber doch nicht gekommen, denn am Nachmittag begann ihre Arbeit, von der ich nie eine genaue Vorstellung hatte, doch bei der es sich im großen und ganzen um das handelte, was man gemeinhin als das horizontale Gewerbe bezeichnet. Diese Arbeit war ziemlich unbeständig für Anabel zu jener Zeit, als ich anfing, mir von ihrer Lebensweise eine Vorstellung zu machen, es verging kaum eine Woche, ohne daß sie mir erklärte, morgen sehen wir uns nicht, denn im *Fénix* brauchen sie für zwei Wochen eine Bardame, und die zahlen gut, oder mir zwischen zwei Seufzern und einem Kraftausdruck sagte, daß der Strich nichts einbringe und sie für ein paar Tage zu der Chempe gehen müsse, um am Monatsende ihre Miete bezahlen zu können.

Freilich schien für Anabel (wie auch für die anderen Mädchen) nichts von langer Dauer zu sein, nicht einmal der Briefwechsel mit den Matrosen, und die kurze Praxis in meinem Beruf genügte, um zu überschlagen, daß der Durchschnitt in der Regel zwei bis drei Briefe waren, mit etwas Glück vier, und um festzustellen, daß die Matrosen der Mädchen rasch müde werden oder sie vergessen, wie auch umgekehrt, davon abgesehen, daß es meinen Übersetzungen an Libido oder Gefühlsschwung mangeln mußte, und die Matrosen ihrerseits waren auch nicht gerade das, was man Männer der Feder nennt, so daß alles bald aus und vorbei war. Doch wie schwer tue ich mich, all das zu erklären, auch mich ermüdet es, zu schreiben, Worte wie Hunde auf Anabels Spur zu setzen, im Glauben, daß diese sie mir so wiederbringen werden, wie sie war, so wie wir waren *many and many years ago*.

8. Februar

Noch schlimmer ist, daß mich auch das Wiederlesen, um einen Faden zu finden, ermüdet, zumal das hier ja nicht die Erzählung ist. Nun, Anabel kam an jenem Morgen in mein Büro in der San Martín, fast Ecke Corrientes, und ich erinnere mich mehr an ihre Handtasche aus Wachstuch und an ihr Schuhe mit dicker Korksohle, als an ihr Gesicht an diesem Tag (es stimmt, daß ein Gesicht, das man das erste Mal sieht, nichts gemein hat mit dem Gesicht, das man im Laufe der Zeit und durch Gewöhnung erwartet). Ich arbeitete an dem alten Schreibtisch, den ich ein Jahr zuvor mitsamt dem ganzen Plunder des schäbigen Büros geerbt hatte, das zu renovieren ich mich noch nicht aufraffen konnte; ich hatte es gerade mit einem besonders abstrusen Abschnitt der Patentschrift zu tun und tastete mich Satz für Satz vor, umgeben von technischen Wörterbüchern und mit dem Gefühl, Marval & O'Donnell, die mich für die Übersetzung bezahlten, zu betrügen. Anabel war wie das sinnverwirrende Eindringen einer Siamkatze in einen Computerraum, und es schien so, als wüßte sie das, denn sie sah mich fast mitleidig an, bevor sie sagte, daß ihre Freundin Marucha ihr meine Adresse gegeben habe. Ich bat sie, sich zu setzen, und aus purer Angeberei fuhr ich fort, einen Satz zu übersetzen, in dem ein Kalander mittleren Kalibers mysteriöse Bruderschaft schloß mit einem antimagnetischen gepanzerten Gehäuse X^2. Dann holte sie eine blonde Zigarette hervor und ich eine schwarze, und obgleich der Name Marucha genügte, alles zu erklären, ließ ich sie reden.

9. Februar

Das Widerstreben, einen Dialog zu konstruieren, der mehr Erfindung wäre als anderes. Ich erinnere mich vor allem an Anabels Klischees, an ihre Art, mich abwechselnd mit »junger Mann« und »mein Herr« anzureden, zu sagen »mal angenommen« oder einzuwerfen »ah, ich kann dir sagen«. Auch ihr Rauchen war klischeehaft, indem sie den Rauch ausstieß, kaum daß sie ihn eingesogen hatte. Sie reichte mir den Brief von einem gewissen William, einen Monat zuvor in Tampico abgestempelt, den ich ihr mündlich übersetzte, bevor ich's, auf ihre Bitte hin schriftlich tat, »für den Fall, daß ich etwas vergesse«, wie Anabel sagte, wobei sie einen Schein aus der Tasche zog, um mir das Honorar von fünf Pesos zu zahlen. Ich sagte ihr, es sei nicht der Rede wert, mein Ex-Sozius hatte diesen absurden Tarif zu einer Zeit festgelegt, als er allein arbeitete und damit begann, den Mädchen vom Hafen die Briefe ihrer Matrosen zu übersetzen, wie auch das, was diese ihnen antworteten. »Warum verlangen Sie so wenig?« hatte ich ihn gefragt. »Mehr oder gar nichts wäre besser, schließlich ist das nicht Ihre Arbeit, Sie tun es aus bloßer Gefälligkeit.« Er erklärte mir dann, daß er noch nicht so alt wäre, um dem Verlangen zu widerstehen, dann und wann mit einer von ihnen zu schlafen, und daß er deshalb ihre Briefe übersetzte, so kam er leichter an sie heran, und hätte er von ihnen nicht diesen symbolischen Preis verlangt, hätten sie sich alle in eine Art von Madame de Sevigné verwandelt, und das, nein danke. Dann ging mein Sozius ins Ausland, ich erbte das Geschäft, und aus reiner Trägheit behielt ich dieselben Bedingungen bei. Es ging sehr gut, Marucha und die anderen (es waren zu der Zeit vier) schworen mir, daß sie meine Adresse nicht weitergeben würden, und es kamen von ihnen im Schnitt zwei pro Monat, mit Briefen, die ich ihnen auf Spanisch vorlesen oder auf Englisch (seltener Französisch) schreiben mußte. Wie man sieht, hatte Marucha ihr Versprechen nicht gehalten, und ihre absurde glänzende Wachstuchhandtasche schlenkernd, kam Anabel in mein Büro.

10. Februar

Die Zeit: der Peronismus, der mich mit seinen dröhnenden Lautsprechern im Stadtzentrum taub machte; der spanische Pförtner, der mit einem Foto von Evita in mein Büro kam und mich gar nicht freundlich bat, doch so freundlich zu sein, es an die Wand zu pinnen (er brachte die vier Reißnägel gleich mit, damit ich keine Vorwände ersänne). Walter Gieseking gab im Colón eine Reihe herrlicher Solokonzerte, und in einem Boxring in den USA kippte José María Gatica um wie ein Sack Kartoffeln. In meinen freien Stunden übersetzte ich *Life and Letters of John Keats* von Lord Houghton; die noch freieren verbrachte ich nicht selten in *La Fragata*, fast gegenüber meinem Büro, zusammen mit Anwaltsfreunden, die dem gut gemixten *Demaría* ebenso zugetan waren. Und manchmal Susana –

Es ist gar nicht so einfach, weiterzuschreiben, ich versinke in Erinnerungen, während ich zugleich versuche, sie zu fliehen, sie zu exorzieren, indem ich sie niederschreibe (aber dann muß man sie ganz auf sich nehmen, und das ist das Dilemma). Auch ist es nicht einfach, aus dem Nebel heraus von Dingen zu erzählen, welche die Zeit zerfasert hat (und welch Hohn, so klar Anabels schwarzglänzende Handtasche zu sehen, ganz deutlich ihr »Danke, junger Mann« zu hören, als ich ihren Brief an William übersetzt hatte und ihr auf ihre zehn Pesos herausgab). Erst jetzt wird mir bewußt, daß ich mir über das, was geschehen war, nie im klaren gewesen bin, ich meine die tieferen Gründe dieses billigen Tangos, der mit Anabel, durch Anabel begonnen hatte. Wie diese Milonga-Geschichte wirklich verstehen, in der es einen Mord gab, und trivialerweise auch noch mit einer Phiole Gift; nicht einem staatlich anerkannten Übersetzer mit Büro und Messingschild an der Tür würde Anabel die ganze Wahrheit sagen, falls sie die überhaupt wußte. Wie bei vielem in dieser Zeit bewegte ich mich unter Abstraktionen, und jetzt, am Ende des Weges, frage ich mich, wie ich so an der Oberfläche habe leben können, während darunter die Geschöpfe der Nacht des Rio de la Plata dahinglitten und sich zerfleischten, die Haie dieses trüben Flusses, die ich und viele andere nicht sahen. Absurd, daß ich jetzt etwas erzählen will, das ich nicht fähig war, richtig zu erkennen, als es sich abspielte, wie in einer Proust-Parodie will ich in die Erinnerung eintauchen, obgleich ich nicht ins Leben eingetaucht bin, um es wirklich zu leben. Ich glaube, ich tue es wegen Anabel, schließlich möchte ich eine Erzählung schreiben, die sie mir von neuem zeigen könnte und worin sie selbst sich sähe, wie sie sich zu jener Zeit wahrscheinlich nicht gesehen hat, denn auch Anabel bewegte sich in der dicken und schmutzigen Luft eines Buenos Aires, das sie aufnahm und zugleich verstieß, Hafenschlumpe, elendiges Zimmer, das auf einen Gang ging, an dem viele andere Zimmer vieler anderer Schlumpen lagen, wo man viele Tangos zugleich hörte, vermischt mit Gezänk, Stöhnen, manchmal auch Gelächter, ja, auch Gelächter, wenn Anabel und Marucha sich bei Mate oder einem Bier, das immer lau war, Witze oder Schweinereien erzählten. Anabel herausreißen aus diesem verworrenen, schmierigen Bild, das mir von ihr bleibt, so verworren und schmierig wie manchmal die Briefe, die sie von William erhielt und mir hinhielt, als reichte sie mir ein schmutziges Taschentuch.

11. Februar

Nun, an dem Morgen erfuhr ich, daß Williams Frachter eine Woche in Buenos Aires geblieben war und jetzt der erste Brief Williams aus Tampico kam, beigelegt dem Paket mit den versprochenen obligaten Geschenken, Nylon-Slips, eine phosphoreszierende Armbanduhr und ein Fläschchen Parfüm. Nie gab es große Unterschiede bei den Geschenken und den Briefen, welche die Mädchen von ihren Liebhabern erhielten, sie wünschten sich vor allem Nylon-Unterwäsche, die in Buenos Aires zu jener Zeit schwer zu bekommen war, und ihre Matrosen legten den Geschenken fast immer romantische Briefe bei, die stellenweise so deutliche Anspielungen enthielten, daß es mir peinlich war, sie den Mädchen laut zu übersetzen; sie ihrerseits diktierten mir ihre Briefe oder gaben mir schriftliche Entwürfe voller Sehnsüchte, Ballnächte und Bitten um hauchdünne Nylonstrümpfe und tangofarbene Blusen. Bei Anabel war es nicht anders, kaum hatte ich ihr den Brief von William übersetzt, diktierte sie mir schon ihre Antwort, doch ich kannte meine Klientel und bat darum, mir nur die Themen zu nennen, den Brief würde ich später abfassen. Anabel sah mich verwundert an.

»Es geht um das Gefühl« sagte sie. »Man muß viel Gefühl hineinlegen.«

»Aber gewiß, seien Sie beruhigt, sagen Sie mir nur, was ich antworten soll.«

Es war der übliche triviale Themenkanon, alles gut angekommen, es gehe ihr gut, sie sei nur etwas müde, wann er wiederkomme, er solle ihr von jedem Hafen wenigstens eine Postkarte schreiben, einen gewissen

Perry solle er bitten, nicht zu vergessen, das Foto zu schicken, das er auf der Hafenpromenade von ihnen beiden gemacht hatte. Ach ja, ich solle ihm auch sagen, das mit der Dolly gehe so weiter.

»Könnten Sie mir das vielleicht etwas genauer ... «, begann ich.

»Sagen Sie ihm nur das, mit der Dolly geht es so weiter. Und am Schluß sagen Sie ihm, nun, Sie wissen schon, aber mit Gefühl, Sie verstehen.«

»Natürlich, seien Sie unbesorgt.«

Wir machten aus, daß sie am nächsten Tag vorbeikommen würde, und als sie kam, unterschrieb sie den Brief, nachdem sie ihn überflogen hatte; manche Worte schien sie zu verstehen, denn bei dem einen oder anderen Abschnitt hielt sie sich länger auf, dann unterschrieb sie und zeigte mir einen Zettel, auf dem William Daten und Häfen notiert hatte. Wir beschlossen, daß es das beste sei, ihm den Brief nach Oakland zu schicken, und da war das Eis gebrochen, Anabel nahm die erste Zigarette von mir an, und sich auf die Schreibtischkante stützend, summte sie vor sich hin und sah mir zu, wie ich die Adresse schrieb. Eine Woche später brachte sie mir das Konzept eines Briefes, ich solle ganz dringend an William schreiben, sie schien sehr beunruhigt und bat mich, den Brief sofort aufzusetzen, doch ich war überhäuft mit italienischen Geburtsurkunden und versprach ihr, den Brief am Nachmittag zu schreiben, ihn für sie zu unterzeichnen und ihn einzuwerfen, wenn ich das Büro verließe. Sie sah mich etwas zweifelnd an, doch dann sagte sie »einverstanden« und ging. Am nächsten Morgen um halb zwölf erschien sie von neuem, um sich zu vergewissern, daß ich den Brief abgeschickt hatte. Da habe ich sie das erste Mal geküßt, und wir machten aus, daß ich nach der Arbeit zu ihr kommen würde.

12. Februar

Nicht daß mir die Mädchen vom Hafen damals besonders gefielen, ich bewegte mich in der bequemen kleinen Welt einer festen Beziehung zu einer Frau, die ich Susana nennen will und als »Kinesiologin« bezeichnen möchte, nur war mir diese Welt manchmal denn doch zu klein und zu komfortabel, und ich hatte dann das dringende Bedürfnis, abzutauchen, zurückzukehren zu den Zeiten als Halbwüchsiger mit einsamen Streifzügen durch die südlichen Viertel, Barbesuchen und kapriziösen Neigungen, kurze Intermezzi, wahrscheinlich mehr ästhetisch als erotisch; ein wenig wie das Schreiben dieses Abschnittes, den ich, nun ich ihn wiederlese, streichen sollte, doch den ich beibehalten will, weil es nun einmal so war, das, was ich Abtauchen genannt habe, diese wirklich unnütze Verlotterung, wo doch Susana, wo doch T.S. Eliot, wo doch Wilhelm Backhaus, und trotzdem, trotzdem.

13. Februar

Gestern habe ich mich über mich selbst geärgert, aber jetzt, wo ich daran denke, finde ich es komisch. Ich wußte ja doch von Anfang an, daß Anabel mich die Erzählung nicht schreiben lassen würde, erstens, weil keine daraus werden wird, und zweitens, weil Anabel alles tun wird (so wie sie das damals getan hat, ohne es zu wissen, die Arme), mich vor dem Spiegel allein zu lassen. Ich brauche dieses Tagebuch nur wiederzulesen, um zu spüren, daß sie nur der Katalysator ist, der mich in die Tiefe dieser Seiten zu ziehen sucht, die ich aus eben dem Grunde nicht schreibe, der mich in die Mitte des Spiegels zerren will, wo ich gern sie gesehen hätte, doch wo ich nur einen ordnungsgemäß diplomierten argentinischen Übersetzer sehe mit *su* Susana, was voraussehbar und sogar kakophonisch ist, sususana, weshalb ich sie nicht Amalia oder Berta genannt haben werde. Eine Stilfrage, nicht jeder Name eignet sich für ... (Wird das so weitergehen?)

Am Abend

An Anabels Zimmer in der Reconquista in Höhe der Nr. 500 möchte ich mich lieber nicht erinnern, vor allem vielleicht deshalb nicht, weil dieses Zimmer, obgleich Anabel das nie erfahren hat, ganz in der Nähe meiner Wohnung lag, einem Appartement im zwölften Stock mit herrlicher Aussicht auf den löwenfarbenen Fluß. Ich erinnere mich (unglaublich, wie mir solche Dinge im Gedächtnis geblieben sind), daß ich, als wir uns verabredeten, versucht war, ihr zu sagen, sie möge besser zu mir kommen, wo es Whisky *on the rocks* gäbe und ein Bett, wie ich es mag, doch habe ich an mich gehalten bei dem Gedanken, daß Fermín, der Pförtner mit mehr Augen als Argus, sie beim Betreten oder Verlassen des Aufzugs sehen könnte, was meinem Ansehen bei ihm schaden würde, wo er doch Susana fast gerührt grüßte, wenn er uns zusammen kommen oder weggehen sah, er, der in Sachen Make-up, Stöckelschuhe und Handtaschen ein distinktives Urteil besaß. Wie ich die Treppe zu ihr hinaufzusteigen begann, bereute ich es, und ich wollte schon wieder umkehren, als ich bereits auf dem Gang war, an dem ich weiß nicht wie viele Zimmer lagen, aus denen Grammophonmusik und die Düfte von Parfüms drangen. Aber da lächelte Anabel mir schon von der Tür ihres Zimmers aus zu, und es gab auch Whisky, wenngleich ohne Eiswürfel. Da waren die obligatorischen Puppen, aber da hing auch der Farbdruck eines Bildes von Quinquela Martín. Die Zeremonie vollzog sich ohne Eile, wir saßen auf dem Sofa und tranken, Anabel wollte wissen, wann ich Marucha kennengelernt hatte, und interessierte sich für meinen ehemaligen Sozius, von dem die anderen Mädchen ihr erzählt hatten. Als ich ihr die Hand auf den Schenkel legte und sie aufs Ohr küßte, lächelte sie mich unbefangen an und stand auf, um die rosa Überdecke des Betts zurückzuschlagen. Ihr Lächeln beim Abschied, als ich ein paar Scheine unter den Aschenbecher legte, war immer noch das gleiche, eine schlichte Billigung, die mich durch ihre Ehrlichkeit rührte, andere hätten gesagt, durch ihre Professionalität. Ich weiß, daß ich wegging, ohne ihr, wie ich das vorgehabt hatte, von ihrem letzten Brief an William zu sprechen, was gingen mich schließlich ihre Probleme an, auch ich konnte sie anlächeln, wie sie mich angelächelt hatte, auch ich war ein Professional.

16. Februar

Anabels Naivität, ähnlich dieser Zeichnung, die sie einmal in meinem Büro machte, als ich sie einer dringenden Übersetzung wegen etwas warten lassen mußte; womöglich steckt auch sie in irgendeinem Buch und wird vielleicht, wie das Foto, bei einer erneuten Lektüre oder bei einem Umzug wieder auftauchen. Eine Zeichnung mit kleinen Vorstadthäusern und zwei oder drei pickenden Hühnern auf dem Gehweg. Doch wer spricht von Naivität? Es ist leicht, Anabel wegen dieser Unwissenheit zu tadeln, die sie von einer Sache in die andere schlittern ließ, aber plötzlich, untergründig, spürbar oft im Blick oder in ihren Entschlüssen, das Aufblitzen von etwas, das mir abging und das Anabel theatralisch »das Leben« nannte, etwas, das für mich ein verbotenes Gebiet war und das nur die Imagination oder Roberto Arlt mir ersatzweise geben konnten. (Ich erinnere mich an Hardoy, einen befreundeten Anwalt, der sich manchmal auf fragwürdige Vorstadtabenteuer einließ, aus bloßer Sehnsucht nach etwas, das, wie er im Grunde wußte, unmöglich war, Abenteuer, von denen er zurückkehrte, ohne an ihnen wirklich beteiligt gewesen zu sein, ein bloßer Zeuge, so wie ich im Falle Anabel. Ja, die wahren Naiven waren wir, mit unseren Krawatten und unseren drei Sprachen; jedenfalls nahm Hardoy als guter Anwalt seine Rolle als Augenzeuge wichtig, er betrachtete sie geradezu als eine Mission. Doch nicht er ist es, sondern ich, der diese Geschichte über Anabel schreiben möchte.)

17. Februar

Ich will es nicht Intimität nennen, dafür hätte ich imstande sein müssen, Anabel das zu bieten, was sie mir so freimütig schenkte, hätte sie zu mir nach Hause kommen lassen und eine annehmbare Parität schaffen müssen, auch wenn ich mit ihr weiterhin das tarifliche Verhältnis zwischen normalem Kunden und Freudenmädchen hatte. Damals habe ich mich gar nicht darüber gewundert, daß Anabel mir nie vorwarf, daß ich sie aus meinem regulären Leben strikt ausschloß; für sie mußte das zu den Spielregeln gehören und eine Freundschaft nicht beeinträchtigen, die solide genug war, mit Lachen und Scherzen auch die Zeiten außerhalb des Bettes auszufüllen, die immer die schlimmsten sind. Für mein Leben interessierte sich Anabel überhaupt nicht, ihre seltenen Fragen waren von der Art: »Hast du ein Hündchen gehabt, als du klein warst?« oder »Hast du dir die Haare immer so kurz schneiden lassen?« Ich wußte schon eine ganze Menge, was die Dolly und Marucha betraf, und so manches aus Anabels Leben, wohingegen sie nicht einmal wußte und es ihr auch völlig egal war, daß ich eine Schwester hatte und einen Cousin, der Bariton war. Marucha hatte ich vor Anabel kennengelernt, durch die Sache mit den Briefen, und manchmal traf ich sie zusammen mit Anabel im *Cochabamba* bei einem Bier (importiert). Durch einen von Anabels Briefen an William wußte ich von dem Krach zwischen Marucha und der Dolly, doch aus dem, was ich die Sache mit dem Fläschchen nennen will, wurde erst viel später Ernst, am Anfang hätte man über soviel Naivität gelacht (habe ich schon von Anabels Naivität gesprochen? Es langweilt mich, dieses Tagebuch wiederzulesen, das mir immer weniger hilft, die Erzählung zu schreiben), denn Anabel, die mit Marucha eng befreundet war, hatte William erzählt, daß die Dolly Marucha immer wieder deren beste Kunden wegschnappte, betuchte Typen und einmal sogar den Sohn eines Kommissars, wie im Tango; bei der Chempe machte sie ihr das Leben sauer und profitierte offen-

sichtlich davon, daß Marucha mehr und mehr Haare verlor, daß sie Probleme mit den Vorderzähnen hatte und daß sie auch im Bett, usw. All das heulte Marucha Anabel vor, mir weniger, vielleicht hatte sie zu mir nicht so viel Vertrauen, ich war der Übersetzer und nicht mehr, sie sagt, du seiest phänomenal, erzählte Anabel mir im Vertrauen, du übersetzt ihr alles so schön, der Koch dieses französischen Dampfers schickt ihr jetzt sogar mehr Geschenke als früher, sie sagt, es muß am Gefühl liegen, das du hineinlegst.
»Und du, schickt man dir auch mehr?«
»Nein, mir nicht. Wahrscheinlich, weil du in meinen Briefen aus purer Eifersucht mit dem Gefühl knauserst.«
Dergleichen Dinge sagte sie, und wir mußten sehr lachen. Und unter Lachen erzählte sie mir auch die Geschichte mit dem Fläschchen, das sie schon zwei oder dreimal in den Briefen an William erwähnt hatte, ohne daß ich ihr Fragen stellte, denn es machte mir Vergnügen, sie selbst damit kommen zu lassen. Ich erinnere mich, daß sie's mir in ihrem Zimmer erzählte, als wir eine Flasche Whisky öffneten, nachdem wir uns einen Drink verdient hatten.
»Ich sag dir, ich war baff. Er kam mir schon immer etwas spinnert vor, liegt vielleicht daran, daß ich von dem, was er sagt, nicht viel mitkriege, wo er doch englisch spricht, am Ende aber macht er sich immer verständlich. Klar, du kennst ihn nicht, aber wenn du sähest, was für Augen er hat, wie eine gelbe Katze, paßt gut zu ihm, denn er ist ein todschicker Mann, wenn er ausgeht, zieht er sich Anzüge an, ich kann dir sagen, hier sieht man nie solche, synthetisch, weißt du.«

»Aber was hat er dir gesagt?«

»Daß er mir, wenn er wiederkommt, ein Fläschchen mitbringen wird. Er hat es mir auf die Papierserviette gemalt, und dazu einen Totenkopf und zwei gekreuzte Knochen. Verstehst du jetzt?«

»Ich verstehe, aber ich weiß nicht, was das soll. Hast du ihm von der Dolly erzählt?«

»Na klar, an dem Abend, als sein Schiff kam und er mich abholte, war Marucha bei mir, sie heulte und kotzte alles aus, ich mußte sie festhalten, damit sie nicht hinausrennt und der Dolly die Augen auskratzt. Sie hatte gerade spitzgekriegt, daß die Dolly ihr den Typ, der jeden Donnerstag zu ihr kam, abspenstig gemacht hatte, weiß Gott, was diese Schlampe ihm von Marucha gesagt hat, vielleicht das mit dem Haarausfall, das ging schon rund. William und ich flößten ihr Fernet-Branca ein und verfrachteten sie hier ins Bett, sie schlief sofort ein, und so konnten wir tanzen gehen. Ich habe ihm alles von der Dolly erzählt, und sicher hat er verstanden, denn verstehen tut er alles, was ich ihm sage, mit seinen gelben Augen sieht er mich starr an, und nur selten muß ich etwas wiederholen.«

»Warte, wir nehmen besser noch einen Scotch, heute nachmittag wird alles doppelt gemacht«, sagte ich, ihr einen Klaps gebend, und wir mußten lachen, denn schon das erste Glas war schön voll gewesen. »Und du, was hast du gemacht?«

»Glaubst du vielleicht, daß ich so bescheuert bin? Nichts, natürlich, ich hab vor ihm die Serviette in kleine Stücke zerrissen, damit er kapiert. Aber er redete weiter von dem Fläschchen, er würde es mir schicken, damit Marucha der Dolly etwas davon in den Aperitif tut. *In a drink*, wie er sagte. Er zeichnete mir auf eine andere Serviette ein Kerkerfenster und strich es dann durch, was bedeutete, daß niemand Verdacht schöpfen würde.«

»Großartig«, sagte ich, »dieser Yankee glaubt vielleicht, die Gerichtsmediziner hier in Argentinien wären Idioten. Hast du gut gemacht, mein Kind, zumal dieses Fläschchen durch deine Hände gehen sollte.«

»Eben.«

(Ich kann mich an dieses Gespräch nicht mehr erinnern, wie könnte ich mich auch daran erinnern. Aber so war es, ich höre es, während ich es schreibe, oder ich erfinde es, während ich es nachahme, oder ich ahme es nach, während ich es erfinde. Sich nebenbei fragen, ob nicht ebendas Literatur ist.)

19. Februar

Manchmal jedoch ist es nicht so, sondern viel subtiler. Manchmal gerät man in ein System von Parallelen, von Symmetrien, und deshalb vielleicht gibt es Augenblicke, Aussprüche, Geschehnisse, die für immer haftenbleiben in einem Gedächtnis, dem kein besonderes Verdienst zukommt (jedenfalls nicht dem meinen), da es viele bedeutsamere Dinge vergißt.

Nein, nicht immer handelt es sich um Erfindung oder Nachahmung. Gestern abend habe ich gedacht, ich müßte fortfahren, alles über Anabel zu schreiben, vielleicht würde es mich so zur Erzählung als der letzten Wahrheit bringen, und plötzlich war da wieder das Zimmer in der Reconquista, die Hitze im Februar oder März, der Typ aus La Rioja mit seinen Platten von Alberto Castillo, der auf der anderen Seite des Gangs hauste und nicht aufhörte, sich von seiner herrlichen Pampa zu verabschieden, selbst Anabel wurde es allmählich leid, obgleich sie Musik liebte, *adióóós pááámpa mííía*, und Anabel sitzt nackt auf dem Bett und erinnert sich an ihre Pampa da hinten bei Trenque Lauquen. Nein, wieviel Wesens der macht von seiner Pampa, Anabel steckt sich verächtlich eine Zigarette an, soviel Gewimmer wegen einer Scheißpampa voller Rindviecher. Aber Anabel, ich habe dich für patriotischer gehalten, Mädchen. Eine stinklangweilige Scheiße, sag ich dir, wäre ich nicht nach Buenos Aires gekommen, hätte ich mich in einer Jauchegrube ertränkt. Nach und nach die Erinnerungen, die das bestätigten, und plötzlich, als müßte sie es mir unbedingt erzählen, die Geschichte mit dem Handlungsreisenden. Sie hatte kaum begonnen, als ich meinte, daß ich das schon kannte, daß man mir das schon erzählt hatte. Doch ich ließ sie reden, da sie es mir unbedingt erzählen mußte (manchmal das Fläschchen, jetzt der Handlungsreisende), aber irgendwie war ich nicht da, nicht bei ihr, denn was sie mir erzählte, kam mir, mit Verlaub, Truman Capote, von *other voices, other rooms*, kam aus dem Speisesaal des Hotels in Bolívar, diesem staubigen kleinen Ort in der Pampa, wo ich vor langer Zeit zwei Jahre lang gelebt habe; dort gab es diese Abende mit Freunden und Durchreisenden, wo man über alles sprach, aber vor allem von Frauen, von dem, was wir Burschen damals die »Grundlagen« nannten, die wirklich selten waren im Leben der Junggesellen in einer Kleinstadt.

Ich erinnere mich ganz deutlich an den Sommerabend, als der kahlköpfige Rosatti nach dem Essen bei Kaffee und Grappa vergangener Zeiten gedachte. Er war ein Mann, den wir seines Humors und seiner Großzügigkeit wegen schätzten und der uns, nach einer etwas schlüpfrigen Geschichte von Flores Díez oder dem schwergewichtigen Salas, von einer nicht mehr ganz jungen Frau vom Lande zu erzählen begann, die er manchmal in ihrem Rancho in der Gegend von Casbas besuchte, wo sie von ein paar Hühnern und einer kärglichen Witwenrente lebte und in ihrem Elend eine dreizehnjährige Tochter großzog.

Rosatti verkaufte Neu- und Gebrauchtwagen und machte in dem Rancho Station, wenn eine seiner Geschäftsreisen ihn in diese Gegend führte; er kam immer mit Geschenken und verbrachte die Nacht mit der Witwe. Sie hatte ihn liebgewonnen, bereitete ihm einen guten Mate, buk Pasteten für ihn und war, Rosatti zufolge, gar nicht schlecht im Bett. Die kleine Chola schickten sie zum Schlafen in den Schuppen, wo der Verstorbene einst seinen Sulky abstellte, der inzwischen verkauft worden war. Chola war ein stilles Mädchen mit scheuem Blick, das sich davonstahl, sowie Rosatti kam, beim Abendessen den Kopf gesenkt hielt und kaum ein Wort sagte. Manchmal brachte er ihr ein Spielzeug oder Bonbons mit, die sie mit einem hervorgepreßten »Danke, Herr« annahm. Eines Nachmittags, als Rosatti mit mehr Geschenken als sonst kam, denn er hatte an dem Morgen einen Plymouth verkauft und war mit sich sehr zufrieden, nahm sich die Witwe Chola vor und sagte ihr, daß sie lernen müsse, sich bei Don Carlos höflicher zu bedanken, und sie solle nicht so schüchtern sein. Rosatti, der ihr Wesen kannte, verzieh ihr lachend, doch in dieser

Sekunde der Verlegenheit des Mädchens sah er sie zum ersten Mal, sah ihre schwarzen Augen und ihre vierzehn Jahre, die ihre Baumwollbluse zu wölben begannen. In dieser Nacht im Bett spürte er den Unterschied, und die Witwe mußte ihn auch spüren, denn sie fing an zu weinen und sagte, daß er sie nicht mehr so liebe wie früher, daß er sie sicher bald vergessen werde, da sie ihn nicht mehr so reize wie früher. Die Einzelheiten des Arrangements haben wir nie erfahren, aber irgendwann ging die Witwe die Chola holen und zog sie hinter sich her ins Haus. Sie selbst riß ihr die Kleider herunter, während Rosatti im Bett auf sie wartete, und da das Mädchen schrie und sich verzweifelt wehrte, hielt die Mutter ihr die Beine fest, bis zum Ende. Ich erinnere mich, daß Rosatti den Kopf etwas senkte und halb beschämt, halb protzend sagte: »Wie die geheult hat ... «. Keiner von uns machte die geringste Bemerkung, das zähe Schweigen dauerte an, bis Salas einen seiner Witze zum besten gab, und wir alle, angefangen mit Rosatti, begannen von anderem zu sprechen.

Auch bei Anabel machte ich nicht die geringste Bemerkung. Was konnte ich ihr auch sagen? Daß ich all das schon kannte, auch wenn zwischen den beiden Geschichten mindestens zwanzig Jahre lagen und der Handlungsreisende aus Trenque Lauquen nicht derselbe Mann gewesen war, noch Anabel dieselbe Frau? Daß es fast immer das gleiche ist mit den Anabels dieser Welt, nur daß sie manchmal Chola heißen?

23. Februar

Anabels Kunden? Vage Auskünfte, manchmal verbunden mit einem Namen oder einer Anekdote. Zufällige Begegnungen in den Hafenkneipen, Wiedererkennen eines Gesichts, Aufmerken bei einer Stimme. Offensichtlich war mir all das gleichgültig, ich glaube, daß in dieser Art von geteilten Beziehungen sich keiner als ein Kunde wie die anderen fühlt, zudem konnte ich mir schmeicheln, gewisse Vorrechte zu genießen, zum einen der Briefe wegen, aber auch meiner Person wegen, etwas an mir mußte Anabel gefallen und mir, glaube ich, mehr Privilegien geben als den anderen, ganze Abende in ihrem Zimmer, Kino- und Milongabesuche und das, was vielleicht Herzlichkeit war, jedenfalls ein Hang, über alles zu lachen, sowie eine nie geheuchelte Freimütigkeit in der Art, wie Anabel Freude suchte und schenkte. Unmöglich, daß sie bei den anderen, den Kunden, auch so war, und deshalb waren sie mir gleichgültig (im Grunde, so meinte ich, war Anabel mir gleichgültig, doch warum erinnere ich mich dann heute an all das?), obgleich ich natürlich lieber der einzige gewesen wäre, so mit Anabel leben und andererseits mit Susana, klar. Aber Anabel mußte sich ihren Lebensunterhalt verdienen, und von Zeit zu Zeit hatte ich den konkreten Beweis dafür, zum Beispiel, als ich an der Straßenecke dem Dicken begegnete – nie habe ich seinen Namen erfahren, sie nannte ihn schlicht den Dicken – und ihn in ihr Haus gehen sah, wobei ich mir vorstellte, wie er mein eigenes Itinerarium an diesem Abend wiederholte, Stufe um Stufe, bis auf den Gang und in Anabels Zimmer und alles weitere. Ich erinnere mich, daß ich in *La Fragata* einen Whisky trinken ging und in *La Razón* sämtliche Auslandsnachrichten las, aber zwischen den Zeilen sah ich den Dicken mit Anabel, es ist idiotisch, aber ich sah

ihn, als befände er sich in meinem Bett, benutzte es widerrechtlich.
Wohl deshalb war ich nicht sehr freundlich zu Anabel, als sie ein paar Tage später im Büro erschien. Ich kannte meine Briefpatientinnen (das Wort taucht hier in einer ziemlich kuriosen Weise wieder auf, nicht wahr, Sigmund?), ihre Eigenheiten und Launen, wenn sie mir einen Brief brachten oder mir einen diktierten, und deshalb blieb ich ganz gelassen, als Anabel mich fast anschrie, schreib sofort an William, daß er mir das Fläschchen mitbringt, dieses Drecksweib verdient es nicht zu leben. *Du calme*, sagte ich (sie verstand recht gut Französisch), was soll das, sich vor dem Aperitif so aufzuführen. Aber Anabel war wütend, und der Grund für diesen Brief war, daß die Dolly Marucha wieder einen Kunden, diesmal mit Auto, weggeschnappt hatte und bei der Chempe erzählte, sie habe es bloß getan, um ihn vor der Syphilis zu bewahren. Ich zündete mir zum Zeichen der Kapitulation eine Zigarette an und schrieb den Brief, wo absurderweise zugleich die Rede war von dem Fläschchen und einem Paar silberner Sandalen Größe 36½ (maximal 37). Um William Probleme zu ersparen, mußte ich die Schuhnummer umrechnen in 5 oder 5½, und der Brief wurde sehr kurz und sachlich, ohne Gefühlsergüsse, die Anabel für gewöhnlich verlangte, obgleich sie das jetzt, aus verständlichen Gründen, immer seltener tat. (Was glaubte sie wohl, wie ich die Briefe an William schloß? Sie verlangte nicht einmal mehr, daß ich sie ihr vorlese, sie ging sofort wieder und beauftragte mich, die Briefe aufzugeben. Sie konnte nicht ahnen, daß ich ihrem Stil treu blieb und William weiterhin von Sehn-

sucht und Liebe sprach, nicht aus übertriebener Gutmütigkeit, sondern weil man die Antworten und die Geschenke einkalkulieren mußte, und eben die mußten für Anabel das verläßlichste Barometer sein.)
An diesem Nachmittag habe ich über die Sache in Ruhe nachgedacht, und bevor ich den Brief aufgab, habe ich ihm ein separates Blatt beigefügt, auf dem ich mich William kurz als Anabels Übersetzer vorstellte und ihn bat, mich aufzusuchen, sobald er in Buenos Aires an Land gehe, auf jeden Fall aber, bevor er sich mit Anabel treffe. Als ich ihn zwei Wochen später bei mir eintreten sah, beeindruckten mich seine gelben Augen mehr als die halb herausfordernde, halb linkische Art eines Matrosen an Land. Wir ergingen uns nicht in Höflichkeitsfloskeln, ich sagte ihm geradeheraus, daß ich von der Sache mit dem Fläschchen wisse, doch daß alles nicht so schrecklich sei, wie Anabel meint. Tugendhaft zeigte ich mich um Anabels Sicherheit besorgt, denn sollte die Sache brenzlich werden, könnte Anabel sich nicht per Schiff auf und davon machen, wie er es in drei Tagen tun würde.
»Aber sie hat mich darum gebeten«, sagte William ungerührt. »Mir tut Marucha leid, es ist das beste Mittel, die Sache in Ordnung zu bringen.«
Ihm zufolge hinterließ der Inhalt des Fläschchens nicht die geringsten Spuren, und deshalb schien William der Gedanke einer verbrecherischen Tat gar nicht zu kommen. Ich spürte die Gefahr und versuchte, ihn von seinem Vorhaben abzubringen. Im Grunde seien die Querelen mit der Dolly seit seinem letzten Aufenthalt nicht schlimmer geworden, nur eben werde es Marucha mehr und mehr leid, und die arme Anabel be-

komme das zu spüren. Ich nähme Anteil an der Sache, weil ich der Übersetzer all dieser Mädchen sei, und ich kennte sie gut, usw. Ich holte eine Flasche Whisky hervor, und nachdem ich ein Schild mit der Aufschrift *Geschlossen* an die Tür gehängt und das Büro abgeschlossen hatte, begann ich mit William zu trinken und zu rauchen. Ich hatte ihn sofort als wenig gebildet, sentimental und gefährlich eingeschätzt. Die Tatsache, daß ich der Übersetzer der Gefühlsergüsse Anabels war, schien mir quasi den Nimbus eines Beichtvaters zu geben, so erfuhr ich beim zweiten Whisky, daß er in Anabel wirklich verliebt war und sie aus diesem ihrem Leben herausholen wollte, um sie in ein oder zwei Jahren mit in die Staaten zu nehmen, nachdem er einige Angelegenheiten geregelt hätte, wie er sagte. Unmöglich, mich nicht auf seine Seite zu schlagen, chevaleresk seine Absichten gutzuheißen und mich auf sie zu berufen, um ihm klarzumachen, daß die Sache mit dem Fläschchen das Schlimmste sei, das er Anabel antun könnte. Er begann die Dinge unter demselben Aspekt zu sehen, aber verhehlte mir nicht, daß Anabel es ihm nie verzeihen würde, wenn er einen Rückzieher machte, sie würde ihn einen Feigling und einen Schuft schimpfen, und das könnte er sich von niemandem, auch nicht von Anabel, gefallen lassen.
Während ich sein Glas noch einmal füllte, eine Geste, die sein Vertrauen stärken sollte, unterbreitete ich ihm einen Plan, bei dem ich sein Verbündeter sein wollte. Das Fläschchen sollte er Anabel ruhig geben, aber gefüllt mit Tee oder Coca-Cola; ich meinerseits würde ihn von allen Neuigkeiten auf separaten Blättern unterrichten, damit Anabels Briefe nur das enthielten,

was allein sie beide anging, und die Sache mit der Dolly und Marucha würde sich sicher mit der Zeit wieder geben. Andernfalls – auf die eine oder andere Weise mußte man diesen gelben Augen, die einen immer starrer anblickten, nachgeben – würde ich ihm schreiben, damit er das echte Fläschchen schickte oder mitbrächte, ich sei sicher, daß Anabel gegebenenfalls verstehen würde, wenn ich mich für die Täuschung verantwortlich erklärte und ihr sagte, daß ich es zum Wohl aller getan hätte, usw.
»O.K.«, sagte William. Es war das erste Mal, daß er O.K. sagte, und es kam mir weniger idiotisch vor, als wenn meine Freunde das sagten. Wir gaben uns in der Tür die Hand, er sah mich gelb und lange an und sagte: »Dank für die Briefe.« Er hatte den Plural gebraucht, was bedeutete, daß er Anabels Briefe meinte und nicht das von mir beigefügte Blatt. Warum hatte ich bei diesem Wort des Dankes ein unbehagliches Gefühl, warum trank ich, als ich allein war, noch einen Whisky, bevor ich das Büro schloß und essen ging?

26. Februar

Schriftsteller, die ich schätze, haben es verstanden, die Sprache von jemandem wie Anabel in liebenswerter Weise zu ironisieren. Derlei amüsiert mich zwar, aber im Grunde finde ich diese Gewandtheit der Gebildeten etwas gemein, auch ich könnte viele Redewendungen Anabels oder des spanischen Pförtners wiedergeben, und ich werde es vielleicht auch tun, wenn ich schließlich die Geschichte schreibe, nichts ist leichter. Aber zu jener Zeit neigte ich mehr dazu, die Sprache Anabels und die Susanas im Geiste zu vergleichen, Redeweisen, die sie viel mehr entblößten, als meine Hände das vermochten, und die von ihrer Offenherzigkeit oder Verschlossenheit zeugten, von der Enge oder der Weite, der Größe ihrer Schatten im Leben. Nie, zum Beispiel, habe ich Anabel das Wort »Demokratie« sagen hören, obgleich sie es zwanzigmal am Tag hörte oder las, dagegen gebrauchte Susana es bei jeder Gelegenheit und immer mit demselben bequemen guten Gewissen der Besitzenden. In der Intimsphäre konnte Susana unkaschiert von ihrem Geschlecht sprechen, wogegen Anabel von ihrem Muli oder ihrer Pussy sprach. So trete ich seit zehn Minuten auf der Stelle, weil ich mich nicht entschließen kann, fortzufahren, zu sagen, was noch zu sagen bleibt (was nicht viel ist und nicht ganz das, was ich vage zu schreiben hoffte), nämlich daß ich diese ganze Woche, wie vorauszusehen, nichts von Anabel hörte, da sie all ihre Zeit William widmen mußte, aber am Wochenende kam sie wieder, sichtlich einige der Nylonsachen tragend, die William ihr mitgebracht hatte, sowie eine neue Handtasche aus dem Fell irgendeines Pelztiers aus Alaska, bei deren bloßem Anblick einem in dieser Jahreszeit noch heißer wurde. Sie kam mir zu sagen, daß William gerade wieder weggefahren sei, was mir nicht neu war, und daß er ihr die Sache mitgebracht hatte (seltsamerweise vermied sie das Wort Fläschchen), sie sei schon in Maruchas Händen.

Ich hatte jetzt keinen Grund mehr, mich zu beunruhigen, aber es war angebracht, den Besorgten zu spielen, zu fragen, ob sich Marucha der Ungeheuerlichkeit ihres Tuns voll bewußt sei, usw., und Anabel erklärte mir, daß sie Marucha bei ihrer seligen Mutter und der

Jungfrau von Luján hat schwören lassen, es nur zu tun, wenn die Dolly noch einmal, usw. Beiläufig fragte sie mich, wie ich ihre Handtasche und ihre Nylonstrümpfe fände, und wir verabredeten uns für die nächste Woche bei ihr, denn nach der *full time* mit William sei sie nun sehr beschäftigt. Sie wollte gerade gehen, als ihr einfiel:

»Wenn du wüßtest, wie nett er ist. Was glaubst du, wieviel ihn diese Handtasche gekostet hat. Ich wollte ihm nichts von dir sagen, aber er hat mir immer wieder von den Briefen gesprochen, er sagte, daß du ihm getreu übermittelst, was ich für ihn empfinde.«

»Ah«, sagte ich nur, ohne recht zu wissen, warum sich mir plötzlich die Kehle zuschnürte.

»Hast du gesehen, die hat einen doppelten Sicherheitsverschluß und alles. Schließlich habe ich ihm gesagt, daß du es deshalb so gut kannst, weil du mich eben gut kennst, aber was soll ihn das interessieren, wo er dich nie gesehen hat.«

»Klar, was soll ihn das interessieren«, brachte ich nur heraus.

»Er hat versprochen, mir das nächste Mal einen Plattenspieler mitzubringen, so einen mit Radio und allem, und wenn du mir Platten von Canaro und D'Arienzo kaufst, werden wir es dem Kerl aus La Rioja mit seinem *adiós pampa mía* mal zeigen.«

Kaum war sie gegangen, rief mich Susana an, sie hatte offensichtlich wieder einmal eine Anwandlung von Nomadismus und lud mich ein, mit ihr in ihrem Wagen nach Necochea zu fahren. Ich nahm fürs Wochenende an, bis dahin blieben mir drei Tage, die ich mit Grübeln verbrachte, wobei ich fühlte, wie mir etwas

Bitteres in den Mund des Magens stieg (hat der Magen einen Mund?). Erstens: William hatte Anabel nicht von seinen Heiratsplänen gesprochen, offenbar hatte er den Ausrutscher Anabels, daß ich sie gut kenne, als einen Schlag ins Gesicht empfunden (und daß er sich nichts hatte anmerken lassen, war noch beunruhigender). Das bedeutete ...

Zwecklos, mir zu sagen, daß ich mich da eben zu Schlußfolgerungen à la Dickson Carr oder Ellery Queen habe verleiten lassen, schließlich würde es einem Typ wie William nicht den Schlaf rauben, daß auch ich ein Kunde Anabels war. Zugleich aber spürte ich, daß gerade ein Typ wie William ganz anders reagieren konnte bei dieser Mischung von Sentimentalität und Roheit, die ich ihm sofort angemerkt hatte. Und da gab es ein Zweitens: Als er erfuhr, daß ich mehr tat, als Anabel nur Briefe zu übersetzen, warum ist er da nicht gekommen, mich zur Rechenschaft zu ziehen, im guten oder im bösen? Ich durfte nicht vergessen, daß er Vertrauen zu mir gehabt und mich sogar bewundert hatte, daß er gewissermaßen gebeichtet hatte bei jemandem, der sich im stillen totlachte über soviel Naivität, und das mußte er gefühlt haben, zumal in dem Augenblick, als Anabel sich verraten hatte. Man konnte sich leicht vorstellen, daß William sie mit einem Fausthieb niederstreckte und geradewegs zu mir ins Büro kam, um mit mir das gleiche zu machen. Aber weder das eine noch das andere, und trotzdem ...

Und trotzdem. Ich sagte mir das, wie man ein Beruhigungsmittel nimmt, schließlich war sein Schiff längst auf hoher See, und alles war hypothetisch; die Zeit und die Wellen von Necochea würden alles bald auslöschen, und außerdem las Susana gerade Aldous Huxley, was Stoff für ganz andere Gespräche abgäbe, zum Glück. Auch ich habe mir auf dem Heimweg neue Bücher gekauft, etwas von Borges und/oder Bioy, wenn ich mich recht erinnere.

27. Februar

Obgleich sich fast keiner mehr daran erinnert, es bewegt mich noch immer, wie Spandrell in *Kontrapunkt des Lebens* auf den Tod wartet und ihn hinnimmt. In den vierziger Jahren konnte diese Episode den argentinischen Lesern nicht so nahegehen; heute schon, doch heute erinnern sie sich nicht mehr daran. Ich halte Spandrell die Treue (nie habe ich den Roman wiedergelesen, und ich habe ihn auch nicht zur Hand), und obgleich mir die Einzelheiten entfallen sind, sehe ich wieder die Szene vor mir, wo er die Schallplatte seines Lieblings-Quartetts von Beethoven auflegt, wohl wissend, daß das faschistische Kommando sich seinem Haus nähert, um ihn zu ermorden, womit er dieser letzten Handlung ein Gewicht gibt, das seine Mörder noch verachtenswerter macht. Auch Susana hatte diese Geschichte bewegt, wenn vielleicht auch nicht aus dem gleichen Grunde wie mich oder Huxley; auf der Hotelterrasse sprachen wir gerade darüber, als ein Zeitungsjunge vorbeikam, ich kaufte *La Razón*, und auf Seite 8 las ich, Polizei untersucht mysteriösen Tod, ich sah ein Foto, auf dem die Dolly kaum zu erkennen war, aber darunter stand ihr voller Name und welches Gewerbe sie ausübte, mit der Ambulanz ins Hospital Ramos Mejía gebracht, war sie zwei Stunden später an einem tödlich wirkenden Gift gestorben. Wir fahren noch heute abend zurück, sagte ich Susana, es regnet hier ja nur. Sie geriet außer sich, ich hörte, wie sie mich einen Despoten nannte. Er hat sich gerächt, dachte ich und ließ sie schimpfen, ich spürte den Krampf, der von den Eingeweiden zum Magen hochstieg, er hat sich gerächt, der Schuft, wie muß er das auf seinem Schiff jetzt genießen, nichts da von Tee oder Coca-Cola, und diese Idiotin von Marucha, die alles in zehn Minuten ausplaudern wird. Wahre Schübe von Angst bei jedem wütenden Wort von Susana, ein doppelter Whisky, der Krampf, die Reisetasche, großer Gott, wenn sie singt, sie wird mit allem herausplatzen, wenn man ihr nur ein bißchen die Wange tätschelt.

Aber Marucha sang nicht, am nächsten Nachmittag lag ein Zettel von Anabel unter der Tür des Büros, wir sehen uns um sieben im Café des Negro, sie hatte ihre Felltasche dabei und war sehr ruhig, sie war gar nicht auf den Gedanken gekommen, daß Marucha sie in die Sache hineinziehen könnte. Geschworen ist geschworen, daran ist nicht zu rütteln, sagte sie mir mit einem Gleichmut, den ich bewundernswert gefunden hätte, hätte ich nicht große Lust gehabt, ihr eine runterzuhauen. Maruchas Geständnis nahm eine halbe Zeitungsseite ein, und Anabel war gerade dabeigewesen, es zu lesen, als ich das Café betrat. Der Journalist beschränkte sich auf die in seinem Metier übliche allgemeine Darstellung, die Frau hatte ausgesagt, sie habe sich ein schnell wirkendes Gift besorgt und es in den Aperitif getan, also wohl in den Cinzano, den die Dolly literweise trank. Die Rivalität zwischen den beiden Frauen hatte ihren Höhepunkt erreicht, fügte der

Berichterstatter als Erklärung hinzu, und das tragische Ende, usw.
Ich finde es nicht sonderbar, daß ich fast alle Einzelheiten dieses Treffens mit Anabel vergessen habe. Ich sehe noch, wie sie mich anlächelt, das ja, ich höre sie sagen, daß die Anwälte den Nachweis erbringen werden, daß Marucha ein Opfer war, in weniger als einem Jahr wäre sie wieder draußen. Von diesem Abend ist mir vor allem ein Gefühl völliger Absurdität in Erinnerung geblieben, etwas, das ich hier nicht beschreiben kann, Anabel, so schien mir, war in dem Augenblick ein Engel, der über der Wirklichkeit schwebt, sie war überzeugt, daß Marucha recht getan hatte (das stimmte, aber nicht auf diese Weise) und daß niemandem etwas passieren werde. Wie sie mir davon sprach, war mir, als erzählte sie eine Radionovela, die mit ihr nichts zu tun hatte und schon gar nichts mit mir, mit den Briefen, besonders mit jenen, die mich samt William und ihr in die Sache hineinzogen. Sie sprach zu mir wie aus der Radionovela, aus dieser unermeßlichen Distanz zwischen ihr und mir, zwischen ihrer Welt und meiner wilden Angst, die nach Zigaretten verlangte, nach einem weiteren Whisky, aber ja doch, sicher, Marucha ist grundanständig, sie wird bestimmt nicht plaudern.
Denn wenn eines sicher war in diesem Augenblick, dann das, daß ich diesem Engel nichts erzählen konnte. Wie zum Teufel ihr klarmachen, daß William sich damit noch nicht zufriedengeben würde, daß er vermutlich nicht ruhen würde, seine Rache zu vervollkommnen, Anabel zu denunzieren und mich als Komplizen mit hineinzureißen. Sie hätte mich wie verloren

angesehen, hätte mir vielleicht die Handtasche gezeigt als Beweis für Williams Anständigkeit, er hat sie mir geschenkt, wie kannst du nur denken, daß er so etwas tut, usw.
Ich weiß nicht, wovon wir dann noch gesprochen haben, ich ging nach Hause, um nachzudenken, und am nächsten Tag kam ich mit einem Kollegen überein, daß er mich für ein oder zwei Monate im Büro vertrete; und obgleich Anabel mein Appartement nicht kannte, zog ich für alle Fälle in eine Wohnung, die Susana gerade in Belgrano gemietet hatte, und verließ dieses gesunde Viertel nicht, um eine zufällige Begegnung mit Anabel im Zentrum auszuschließen. Hardoy, der mein volles Vertrauen hatte, übernahm es mit Freuden, sie zu bespitzeln und in dieser Atmosphäre zu baden, die er den Sumpf nannte. Alle diese Vorsichtsmaßnahmen erwiesen sich schließlich als überflüssig, sie halfen mir jedoch, etwas besser zu schlafen, einen Haufen Bücher zu lesen und neue Facetten, ja unerwartete Reize an Susana zu entdecken, die überzeugt war, die arme, daß ich eine Liegekur machte. Anderthalb Monate später war Williams Schiff wieder da, und tags darauf erfuhr ich von Hardoy, daß Anabel sich mit William getroffen hatte und daß sie bis drei Uhr morgens in einer Milonga in Palermo getanzt hatten. Das einzig Logische wäre gewesen, erleichtert zu sein, aber nicht die Spur, es war eher so, als wären Dickson Carr und Ellery Queen der reinste Mist und alle Intelligenz noch mehr als Mist, verglichen mit dieser Milonga, wo der Engel sich mit dem anderen Engel (*per modo di dire*, natürlich) getroffen hatte, um mir zwischen zwei Tangos einfach mitten

ins Gesicht zu spucken, mich zu bespucken, ohne mich zu sehen, sich überhaupt einen Dreck um mich kümmernd, so wie man auf den Boden spuckt, ohne auch nur hinzusehen. Ihr Gesetz, ihre Welt, eine Welt von Engeln, der auch Marucha angehörte und gewissermaßen auch die Dolly, und ich auf dieser Seite mit meinen Krämpfen und dem Valium und Susana, mit Hardoy, der mir weiter von der Milonga sprach, ohne zu merken, daß ich mein Taschentuch hervorgezogen hatte und mir, während ich ihm zuhörte und ihm für seinen Freundschaftsdienst dankte, damit übers Gesicht fuhr, als wollte ich mir die Spucke abwischen.

28. Februar

Bleiben ein paar Einzelheiten: Als ich ins Büro zurückkehrte, hatte ich mir alles schön zurechtgelegt, um Anabel eine plausible Erklärung für meine Abwesenheit zu geben; ich wußte, daß sie überhaupt nicht neugierig war, sie würde mir egal was abnehmen und würde schon einen weiteren Brief zu übersetzen haben, falls sie in der Zwischenzeit nicht einen anderen Übersetzer gefunden hatte. Aber Anabel kam nie mehr zu mir, womöglich hatte sie William das versprochen und es bei der Jungfrau von Luján geschworen, vielleicht auch hatte sie mir meine Abwesenheit übelgenommen, oder sie hatte bei der Chempe einfach zuviel zu tun. Ich glaube, ich habe am Anfang im stillen auf sie gewartet, ich weiß nicht, ob ich sie gern bei mir gesehen hätte, im Grunde aber kränkte es mich, daß sie mich einfach fallenließ, wer schon konnte ihr die Briefe so gut übersetzen wie ich, wer kannte William und sie besser als ich. Zwei oder dreimal, mitten in einer Patentschrift oder einer Geburtsurkunde, hielt ich im Schreiben inne, in Erwartung, daß die Tür aufgehe und Anabel hereinkomme, mit neuen Schuhen vielleicht, aber dann klopfte man sehr höflich, und es war eine Konsularrechnung oder ein Testament. Meinerseits mied ich weiterhin die Orte, wo ich ihr am Nachmittag oder am Abend hätte begegnen können. Auch Hardoy sah sie nicht mehr, und in diesen Monaten bot sich mir die Gelegenheit, für einige Zeit nach Europa zu gehen, und dann bin ich dort geblieben, habe mich eingewöhnt, und da sitze ich nun mit meinen grauen Haaren und diesem Diabetes, der mich ans Haus fesselt, da sitze ich nun mit meinen Erinnerungen. Ich hätte sie wirklich gern aufgeschrieben, hätte gern eine Geschichte von Anabel und jenen Zeiten geschrieben, vielleicht hätte ich mich besser gefühlt, wenn ich in alles Ordnung gebracht hätte, aber ich glaube nicht, daß ich's noch tun werde, da ist dieses Tagebuch voller Bruchstücke, dieses Verlangen, sie zu ergänzen, die Lücken zu schließen und noch anderes von Anabel zu erzählen, aber ich kann wirklich nur sagen, daß ich diese Erzählung von Anabel sehr gern schreiben möchte, und am Ende ist es nur eine Seite mehr in dem Tagebuch, ein weiterer Tag, ohne die Erzählung begonnen zu haben. Das Üble dabei ist, daß ich mir immer wieder sage, daß ich sie nie werde schreiben können, weil ich einfach nicht imstande bin, über Anabel zu schreiben, es ist unnütz, Bruchstücke zusammenzufügen, die letztlich nicht mit Anabel zu tun haben, sondern mit mir, es ist fast so, als wollte Anabel eine Geschichte schreiben und erinnerte sich daran, daß ich sie nie zu mir nach Hause mitgenommen habe, daß die Panik mich zwei Monate lang von ihr ferngehalten hat, all das, woran ich jetzt denken muß, auch wenn Anabel das damals wahrscheinlich ziemlich gleichgültig war und nur ich mich an etwas erinnere, das völlig unbedeutend ist, das aber immer wiederkommt, von dorther, aus dem, was vielleicht hätte anders sein müssen, wie ich selbst hätte anders sein müssen und wie fast alles dort und hier. Nun ich daran denke, wie recht hat Derrida doch, wenn er sagt, wenn er mir sagt: es bleibt (mir) fast nichts: weder die Sache noch ihre Existenz, noch die meine, weder das reine Objekt noch das reine Subjekt, keinerlei Interesse irgendeiner Art für irgend etwas. Keinerlei Interesse, wirklich nicht, denn Anabel in der Tiefe der Zeit zu suchen bedeutet, noch einmal in mich selbst hinabzutauchen, und es ist so trist, über sich selbst zu schreiben, auch wenn ich mir weiterhin vorstellen möchte, daß ich über Anabel schreibe.

FLASCHENPOST

Epilog zu einer Erzählung
Berkeley, Kalifornien, 29. September 1980

Liebe Glenda, dieser Brief wird Ihnen nicht auf dem gewöhnlichen Wege zugehen, denn in unserem Fall kann nichts so gesandt werden, es entzieht sich den gesellschaftlichen Riten der Umschläge und der Post. Eher wird es so sein, als steckte ich den Brief in eine Flasche und ließe diese in die Wasser der Bucht von San Francisco fallen, an derem Ufer das Haus steht, von wo ich Ihnen schreibe; oder als bände ich ihn an den Hals einer der Möwen, die jäh wie Peitschenhiebe an meinem Fenster vorbeisausen und für einen Augenblick das Tastenfeld dieser Schreibmaschine verdunkeln. Aber immerhin ein Brief, der an Sie gerichtet ist, an Glenda Jackson an irgendeinem Ort der Welt, der wahrscheinlich immer noch London ist; gleich manchen Briefen, manchen Erzählungen gibt es auch Mitteilungen, die Flaschenpost sind und in diese allmählichen, wunderbaren *sea-changes* geraten, die Shakespeare in *Der Sturm* ziseliert hat und die untröstliche Freunde späterhin in den Grabstein meißeln sollten, unter dem, auf dem Friedhof von Caius Sextius in Rom, das Herz von Percy Bysshe Shelley ruht.
Auf diese Weise, denke ich, finden die geheimen Kommunikationen statt, langsame Flaschen, die auf langsamen Meeren umhertreiben, wie auch er sich langsam seinen Weg bahnen wird, dieser Brief, der Sie unter Ihrem wahren Namen sucht, nicht mehr die Glenda Garson, die Sie auch waren, doch die Scham

und Liebe verändert haben, ohne sie zu verändern, geradeso wie Sie sich von Film zu Film verändern, ohne sich zu verändern. Ich schreibe Ihnen, dieser Frau, die hinter so vielen Masken atmet, sogar hinter jener, die ich, um sie nicht zu verletzen, für sie erfunden habe, und ich schreibe Ihnen, weil auch Sie jetzt mit mir in Verbindung getreten sind hinter einer meiner Masken als Schriftsteller; damit haben wir uns das Recht erworben, so miteinander zu reden, jetzt wo mich, auch wenn das ganz unvorstellbar ist, gerade Ihre Antwort erreicht hat, Ihre eigene Flaschenpost an den Klippen dieser Bucht zerschellt ist und mich mit einer Freude erfüllt, bei der untergründig so etwas wie Angst pocht, eine Angst, die die Freude nicht zum Schweigen bringt, die sie panisch werden läßt, sie jenseits allen Fleisches und aller Zeit verlagert, wie Sie und ich das zweifellos gewünscht haben, jeder auf seine Weise.
Es ist nicht einfach, Ihnen dies zu schreiben, weil Sie nichts von Glenda Garson wissen, dabei aber verhält es sich so, als müßte ich Ihnen unnötigerweise erklären, was gewissermaßen der Grund für Ihre Antwort ist; alles geschieht wie auf verschiedenen Ebenen, in einer Verdoppelung, die jede gewöhnliche Art von Beziehung unsinnig macht; wir schreiben oder spielen für Dritte, nicht für uns, und deshalb nimmt dieser Brief die Form eines Textes an, der von Dritten gelesen werden wird und womöglich nie von Ihnen, oder vielleicht auch von Ihnen, aber erst eines fernen Tages, so wie Ihre Antwort schon Dritten bekannt gewesen ist, während ich sie erst vor knapp drei Tagen und durch reinen Zufall erhielt. Ich glaube, wenn es sich so verhält, wird es unnütz sein, zu versuchen, direkten Kon-

takt aufzunehmen; ich glaube, es ist nur möglich, Ihnen dies zu sagen, wenn ich es einmal mehr an jene richte, die es als Literatur lesen werden, als eine Erzählung innerhalb einer anderen, eine Koda zu etwas, das bestimmt zu sein schien, mit diesem perfekten und definitiven Schluß zu enden, den für mich die guten Erzählungen haben müssen. Und wenn ich von dem Prinzip abweiche, wenn ich Ihnen diesen Brief auf meine Weise schreibe, sind Sie, die ihn womöglich nie lesen wird, sind Sie es, die mich nötigt, die mich vielleicht darum bittet, ihn zu schreiben.

Hören Sie also, was Sie nicht wissen konnten, aber trotzdem wissen. Vor genau zwei Wochen hat mir Guillermo Schavelzon, mein Verleger in Mexiko, die ersten Exemplare eines Erzählungsbandes übergeben, den ich in der letzten Zeit geschrieben habe und der den Titel einer der darin enthaltenen Erzählungen trägt, *Alle lieben Glenda*. Erzählungen in Spanisch, versteht sich, die man erst in den nächsten Jahren in andere Sprachen übersetzen wird, Erzählungen, die in Mexiko erst in dieser Woche in die Buchhandlungen kommen und die Sie in London nicht haben lesen können, wo man mich übrigens sehr wenig liest und schon gar nicht auf spanisch. Ich muß Ihnen von einer dieser Erzählungen sprechen, wobei ich zugleich spüre – und eben darin liegt der zwiespältige Schauder, der all das durchzieht –, wie unnütz es ist, weil Sie sie, in einer Weise, die nur die Erzählung selbst insinuieren kann, bereits kennen; wider alle Logik, wider die Vernunft selbst, beweist mir das die Antwort, die ich gerade erhielt und die mich zu tun nötigt, was ich hier angesichts des Absurden tue, sollte es absurd sein, Glenda,

und ich glaube, daß es das nicht ist, obgleich weder Sie noch ich wissen können, was es ist.
Sie werden sich also erinnern, obgleich Sie sich nicht an eine Geschichte erinnern können, die Sie nie gelesen haben, eine Geschichte, deren Seiten noch feucht von Druckerschwärze sind, daß darin die Rede ist von einer Gruppe von Freunden in Buenos Aires, die in der heimlichen Bruderschaft eines Clubs die Liebe und Bewunderung teilen, die sie für Sie empfinden, für diese Schauspielerin, die in der Erzählung Glenda Garson heißt, doch auf deren Theater- und Filmkarriere in einer Weise angespielt wird, daß jeder, der als Ihr Fan es verdient, Sie wiedererkennen wird. Die Geschichte ist sehr einfach: diese Freunde lieben Glenda so sehr, daß sie sich mit der Schande nicht abfinden können, daß einige ihrer Filme nicht die Vollkommenheit erreichen, die jede große Liebe verdient und verlangt, und daß die Mediokrität mancher Regisseure das trübt, was Sie während der Dreharbeiten ohne Zweifel angestrebt hatten. Wie jede Erzählung, die eine Katharsis bezweckt, die in einer Lustration kulminiert, nimmt auch diese sich die Freiheit, die Wahrscheinlichkeit auf der Suche nach einer tieferen und letzten Wahrheit zu überschreiten; so tut der Club alles, um die Kopien der weniger perfekten Filme an sich zu bringen, und er modifiziert die Passagen, wo durch einfache Weglassung oder eine kaum merkliche Veränderung in der Montage die unverzeihlichen ursprünglichen Unbeholfenheiten behoben werden können. Ich nehme an, daß Sie sich nicht mehr Gedanken als der Club machen über die läppischen praktischen Unmöglichkeiten einer Unternehmung, welche die Erzählung ohne

viel Firlefanz schildert: es bedarf weiter nichts als der Treue und des Geldes, und eines Tages kann der Club die Arbeit für beendet erklären und den siebten Tag des Glücks begehen. Zumal Sie just zu dem Zeitpunkt Ihren Abschied von Theater und Film verkünden, womit Sie, ohne es zu wissen, ein Werk abschließen und vervollkommnen, dem die Wiederholung und die Zeit am Ende nur geschadet hätten.

Ohne es zu wissen ... Ah, ich bin zwar der Autor der Erzählung, Glenda, doch kann ich jetzt nicht mehr sagen, was mir völlig klar zu sein schien, als ich sie schrieb. Jetzt hat mich Ihre Antwort erreicht, und etwas, das mit der Vernunft nichts zu tun hat, nötigt mich zuzugeben, daß der Abschied Glenda Garsons etwas Seltsames, fast Forciertes hatte, so unmittelbar nach Beendigung der Arbeit des unbekannten und fernen Clubs. Aber ich erzähle Ihnen die Geschichte weiter, obgleich ich ihr Ende heute furchtbar finde, denn Ihnen muß ich sie erzählen, es ist unmöglich, es nicht zu tun, da Sie in der Erzählung vorkommen, da es in Mexiko seit vierzehn Tagen alle wissen, und vor allem, weil auch Sie es wissen. Kurz, ein Jahr später faßt Glenda Garson den Entschluß, zum Film zurückzukehren, und die Freunde des Clubs lesen die Nachricht mit der bedrückenden Gewißheit, daß es ihnen jetzt nicht mehr möglich sein wird, eine Prozedur zu wiederholen, die sie für beendet, für endgültig abgeschlossen halten. Es bleibt ihnen nur eine Möglichkeit, die Vollkommenheit, ihr so schwer erlangtes Glück zu verteidigen: Glenda Garson wird nicht dazu kommen, in dem angekündigten Film zu spielen, der Club wird das Nötige tun, ein für allemal.

All das ist, wie Sie sehen, eine Erzählung in einem Sammelband, mit Zügen des Phantastischen oder Ungewöhnlichen, und ihre Atmosphäre stimmt überein mit jener der anderen Erzählungen dieses Bandes, den mein Verleger mir am Vorabend meiner Abreise aus Mexiko übergab. Das Buch trägt eben diesen Titel, weil keine andere Erzählung für mich diese Resonanz leiser Nostalgie und Verliebtheit besaß, die Ihr Name und Ihr Bild in meinem Leben erzeugen, seit ich eines Abends im Londoner Aldwych Theater sah, wie Sie mit der seidigen Peitsche ihres Haars den nackten Oberkörper des Marquis de Sade geißelten: schwer zu sagen, wann ich diesen Titel für das Buch wählte, womit ich die Erzählung von den anderen gewissermaßen absonderte und ihr ganzes Gewicht auf den Buchdekkel legte, geradeso wie jetzt jemand für Ihren letzten Film, den ich vor drei Tagen hier in San Francisco gesehen habe, den Titel *Hopscotch* gewählt hat, jemand, der weiß, daß dieses Wort auf spanisch *Rayuela* heißt. Die Flaschen haben ihr Ziel erreicht, Glenda, doch das Meer, auf dem sie umhertrieben, ist nicht das der Schiffe und Albatrosse.
Alles geschah in einer Sekunde, ich dachte ironisch, daß ich nach San Francisco gekommen war, um ein Seminar mit Studenten aus Berkeley zu machen, und daß wir uns amüsieren würden über die Koinzidenz des Titels dieses Films mit dem meines Romans, der eines der Themen unserer Arbeit sein sollte. Dann, Glenda, sah ich das Foto der Hauptdarstellerin, und zum ersten Mal bekam ich es mit der Angst. Daß ich aus Mexiko ein Buch mitbrachte mit Ihrem Namen im Titel und daß mir Ihr Name in einem Film begegnet,

der unter dem Titel eines meiner Bücher angekündigt wird, war ein hübscher Streich des Zufalls, der mir deren schon mehrere gespielt hat; aber das war nicht alles, das war rein nichts, bis die Flasche in der Dunkelheit des Kinosaals zerschellte und ich die Antwort erhielt, ich sage Antwort, weil ich nicht glauben kann und will, daß es sich um Rache handelt.
Es ist keine Rache, sondern ein Ruf an der Grenze alles dessen, was gemeinhin zulässig ist, eine Einladung zu einer Reise, die nur in Gebiete außerhalb jedes Gebiets führen kann. Der Film, der, um es gleich zu sagen, nicht viel taugt, basiert auf einem Spionageroman, der nichts zu tun hat mit Ihnen oder mit mir, Glenda, aber gerade deswegen spürte ich, daß sich hinter diesem eher stupiden, ziemlich trivialen Stoff etwas anderes verbarg, etwas undenkbar anderes, da Sie mir nichts zu sagen haben konnten und zugleich doch, denn nun waren Sie Glenda Jackson, und wenn Sie eingewilligt hatten, in einem Film mit diesem Titel zu spielen, konnte ich mich des Gefühls nicht erwehren, daß Sie es als Glenda Garson getan hatten, ausgehend von dieser Erzählung, in der ich Sie so genannt hatte. Und da der Film damit nichts zu tun hatte, da er eine wenig amüsante Spionagekomödie war, mußte ich zwangsläufig an diese Chiffren oder Geheimschriften denken, die auf einer vorher vereinbarten Zeitungs- oder Buchseite auf die Worte verweisen, die die Nachricht dem übermitteln werden, der den Schlüssel kennt. Und so war es, Glenda, genau so war es. Muß ich es Ihnen beweisen, wo es über die Übermittlerin der Nachricht keinen Zweifel gibt? Wenn ich es sage, so für Dritte, die meine Erzählung lesen und Ihren Film sehen wer-

den, für die Leser und Zuschauer, die die arglosen Brücken unserer Mitteilungen sein werden: eine Geschichte, die soeben veröffentlicht worden ist, ein Film, der soeben in die Kinos gekommen ist, und jetzt dieser Brief, der in fast unsäglicher Weise beides enthält und abschließt.

Ich will ein Resümee, das uns kaum noch interessiert, rasch beenden. In diesem Film lieben Sie einen Spion, der begonnen hat, ein Buch mit dem Titel *Hopscotch* zu schreiben, um die schmutzigen Geschäfte der CIA, des FBI und des KGB zu denunzieren, feine Ämter, für die er gearbeitet hat und die jetzt alles versuchen, ihn zu beseitigen. Mit einer aus Liebe erwachsenen Ergebenheit helfen Sie ihm, den Unfall zu inszenieren, durch den er bei seinen Gegnern für tot gelten soll; danach erwartet Sie beide in irgendeinem Winkel der Welt Friede und Geborgenheit. Ihr Freund veröffentlicht *Hopscotch,* und obgleich es nicht mein Roman ist, wird das Buch zwangsläufig *Rayuela* heißen, wenn ein Bestseller-Verleger es auf spanisch herausbringt. Eine Sequenz gegen Ende des Films zeigt Exemplare des Buches in einem Schaufenster, so wie die englischsprachige Ausgabe meines Romans in den Schaufenstern der Buchhandlungen der USA hat ausliegen müssen, als Pantheon Books sie vor Jahren herausbrachte. In der Erzählung, die soeben in Mexiko erschienen ist, habe ich Sie symbolisch getötet, Glenda Jackson, und in diesem Film wirken Sie mit an der ebenfalls symbolischen Beseitigung des Autors von *Hopscotch.* Sie sind, wie immer, jung und hübsch in dem Film, und Ihr Freund ist Schriftsteller und alt, so wie ich. Wie meinen Freunden des Clubs war mir klar, daß sich die

Vollkommenheit unserer Liebe nur durch das Verschwinden von Glenda Garson für immer erhalten lassen würde; auch Ihnen war klar, daß Ihre Liebe, um sich glücklich zu erfüllen, das Verschwinden des Geliebten verlangte. Jetzt, zum Schluß dieses Briefes, den ich mit dem vagen Schauder vor etwas ebenfalls Vagem geschrieben habe, ist mir völlig klar, daß in Ihrer Nachricht keine Rache ist, sondern eine unermeßlich schöne Symmetrie, daß die Gestalt meiner Erzählung sich soeben mit der Person Ihres Films getroffen hat, weil Sie es so gewollt haben, weil nur dieses doppelte Trugbild des Todes aus Liebe sie einander nahebringen konnte. Dort, in diesem Gebiet außerhalb jedes Kompasses, sehen Sie und ich jetzt einander an, Glenda, während ich hier diesen Brief beende und Sie sich irgendwo, ich denke in London, gerade für den Auftritt auf der Bühne schminken oder Ihre Rolle in Ihrem nächsten Film einstudieren.

INHALT